Album

INA BRANDT

ALBUM

EINE LIEBESGESCHICHTE
IN ZWEI CDS

Bibliografische Information der Deutschen Nationalbibliothek:
Die Deutsche Nationalbibliothek verzeichnet diese Publikation in
der Deutschen Nationalbibliografie; detaillierte bibliografische Daten
sind im Internet über dnb.dnb.de abrufbar.

Covermotiven von Freepik.com:
© kjpargeter © slLamet und © Hello-Pixel
Umschlaggestaltung, Satz, Herstellung und Verlag:
BoD – Books on Demand, Norderstedt

ISBN: 978-3-7562-5158-2

„Bist du Single?"

„Nein, ALBUM."

Inhalt

CD 2

Vorwort

Es begab sich im Jahre 2021, in einem wirklich denkwürdigen Jahr, immerhin dem zweiten Jahr des Coronen-Zeitalters, dass ich mich hinreißen ließ. Ich, die ich doch Gedichteschreiberin bin, fühlte mich von einer Aufgabe in einem Schreibcontest animiert, mitzumachen. Und einen Text zu schreiben, entweder romantisch oder fantastisch, oder kriminologisch. Und es sollte um »Anfang oder Ende?« gehen. Das Genre war schnell gewählt und der Text auch bald verfasst und eingeschickt.

Lange Rede, kurzer Sinn … Ich kam überraschend ins Finale, und, noch überraschender, gewann ich in meiner Kategorie den ersten Preis. Und dann stand ich da – ich hatte die Veröffentlichung meines nächsten Buches gewonnen! Ähm, okay … Mit einem Text über die Liebe. (Ihr findet ihn am Ende des Buches zum Nachlesen.)

Nun hätte ich es mir einfach machen können, und das nächste Gedichtbuch veröffentlichen können. Aber es hat mich angespornt. Vielleicht kann ich es ja doch? Vielleicht taugt mein Können nicht nur für Kurzstrecke, wie ich selbst immer sage?

Schon bald hatte ich die Idee dazu, wie ich mich überlisten könnte, und die Etappen überschaubar gestalten würde.

Gleichzeitig wäre die Musik ein Teil des Werkes, der Soundtrack, der uns im Leben manchmal etwas fehlt.

Aber, dachte ich, müsste es nicht Tiefe haben, müssten nicht irgendwelche neuen Welten nebenher entdeckt werden, ein spannender und vertiefter Kontext dazukommen, eine Lern-Ebene?

Ist das, was ich schreibe, nachher nicht zu einfach, zu flach? Nein, es ist Unterhaltung, es ist Popmusik, es ist Liebe in so vielen Facetten. Und wer findet, das sei zu trivial, sei an Eric Draven im Film »The Crow« erinnert, der feststellte: »Nichts ist trivial.«

In diesem Sinne wünsche ich euch eine schöne Zeit mit diesem kleinen Büchlein, und wer weiß, vielleicht kommen euch manche Gedankengänge ja bekannt vor? Vielleicht ist die Geschichte mehr aus dem Leben gegriffen, als man meint. Denn was hält uns denn nachts wach, was belebt unser Herz? Die großen und kleinen Gefühle …

CD 1

1.

Irgendwas mit L

Max Giesinger

Seid ihr schon mal neben wem Fremdes aufgewacht? Also, komplett Filmriss? Wisst ihr, wie man sich da erschreckt?

Boah. Ich leb ja schon eine Weile allein. Und genieße eigentlich auch mein großes Bett. Na, so groß ist es ja nun gar nicht. Klein genug, dass dieser Mensch da ein wenig verschwitzt an mir klebt.

Wer ist das? Und wenn ich jetzt duschen gehe, wacht der auf und raubt mich aus? Ich schaue ja auch aus Prinzip keine Psychothriller. Aber eine leise Ahnung, was mit dem Einsetzen der leise warnenden Soundtrack-Musik passieren würde, habe ich schon. Wie krank ist das denn eigentlich, dass ich erst mal an Bedrohung denke? Könnte ja auch alles ganz romantisch und schön sein? Der Soundtrack fehlt, ich sag es euch. Man wüsste genau, wo die Reise hingeht. Es wird wohl ein Schutzmechanismus sein, dass man erst einmal auf sich aufpasst, und die Lage verstehen muss.

Sein Arm liegt auf meinem Bein und ist schwer. Er schnauft leise beim Schlafen und atmet warm in meinen Nacken. Wenn ich jemanden sehr, sehr mag, finde ich das wunderbar. Gerade ist es aber etwas zu neu … mit diesem Mann dort.

Puh. Ich versuche mal langsam, mich aus dem Bett zu schieben. Verdammt … Da zieht er mich im Halbschlaf an sich. Und nun?

Der zweite Versuch glückt. Ich gleite lautlos wie eine Feder im Sommerwind … nein, ich stolpere über Klamotten, die den Weg zwischen Tür und Bett markieren. Na, immerhin scheinen wir zielstrebig gewesen zu sein.

Moment. Also, ich bin allen Ernstes mit einem Fremden nach Hause? Und dann Klamotten … ähm, was hatte ich gestern drunter?

Falls er genauso viel getrunken hatte, ist es vielleicht auch egal gewesen. Oh Mann!

Unter der Dusche hab ich das Gefühl, den Abend abzuspülen, irgendwie. Mich reinzuwaschen. Weil man doch so etwas nicht macht. Oder? Ich zumindest nicht. Bisher.

Aber die Dusche ändert nichts daran, dass da ein komplett fremder Typ in meinem Bett liegt.

Ich öffne das Fenster und mache Kaffee. Bin ja nicht so, ich mach mal etwas mehr, vielleicht möchte er ja auch einen.

Er umarmt jetzt die Bettdecke, ich bin ja nicht mehr da. Irgendwie hat das was Süßes. Überhaupt, also rein optisch, gratuliere ich mir ein bisschen zu dem Fang.

Kann schon sein, dass ich den auch nüchtern ausgesucht hätte. Aber da hätt ich mich nicht getraut, so viel ist auch klar. Er hat ziemlich kurze, fast schwarze Haare, ein ganz schönes Gesicht, und sieht erst mal schlank und groß aus, was ich erahnen kann. Das Shirt liegt eng am Oberkörper an, und er gehört zu denen, die das tragen können.

Ich bin ein bisschen hin- und hergerissen, zwischen Lachen, Schämen und ein bisschen Schiss, was er sagt, wenn er wach wird.

Kann ja ein Idiot sein. Kann auch nett sein. Magst du einfach da liegen bleiben bitte? Und weiter süß aussehen? Ich male mir dann einfach aus, wie der Abend war. Realität ist was für Anfänger.

Und wie nenne ich dich nur?

Wieso sind die Menschen eigentlich nicht beschriftet, sodass man weiß, mit wem man es zu tun hat?

Oh. Er wird wach ... Jetzt bin ich nervös und gehe in die Küche. Mich an einer Kaffeetasse festhalten.

Mit der Tasse, die schön groß ist, und meinen zu langen Strickjackenärmeln verdecke ich fast mein Gesicht, als ich vorsichtig wieder ins Zimmer schaue.

Nützt nix. Er hat mich entdeckt.

Sein schiefes Grinsen lässt mich vermuten, er weiß genauso wenig wie ich, was passiert ist.

»Kaffee?«, frage ich.

»Ja, gern. Schwarz bitte, ohne alles.«

2.

Say You Won't Let Go
James Arthur

Wow … mein Leben dreht sich! Und ich möchte gar nicht, dass es aufhört! Ja, mag sein, paar Drinks zu viel hatte ich auch gestern. Aber so schlimm war das nicht. Jetzt ist es wie Kettenkarussell, mit Fliegen und Kribbeln und irgendwie ist alles verrückt.

Bin gerade zu Hause angekommen. Anstatt auf einen Bus zu warten, bin ich einfach gelaufen. Das hat auch nur eine knappe halbe Stunde gedauert und ich habe die Zeit kaum gemerkt. Alles lief immer wieder in meinen Gedanken ab.

Ich sollte von vorn anfangen zu erzählen. Gestern war ich in einem Club, mit Ben und Jerry. Jerry heißt eigentlich Sören, aber er mag auch gern Eis. Na ja, wir sind zu dritt eine ziemliche Kaspertruppe.

Der Abend war erst mal recht normal; wir haben gequatscht und bisschen was getrunken. Nachher sogar getanzt.

Irgendwann haben sich zwei Mädels dazugesellt, und mit einer kam ich ins Gespräch. Ich weiß nicht mehr so viel von dem, was wir geredet haben. Die Musik war viel zu laut, und ich habe sie immer nur anstarren können, fürchte ich fast. Weil ich sie mit jeder Minute hübscher fand.

Wir tranken noch etwas und gefühlt war außer uns niemand sonst mehr da. Ich weiß gar nicht, wann Ben und Jerry abgehauen sind.

Die Kleine hat mich irgendwann raus gezogen vor den Club. Da konnte man besser reden und es war nicht so heiß.

Wir gingen ein Stück … aber auf einmal zog sie rüber Richtung Hecke. Und übergab sich. Wow, okay, sie hatte wohl echt genug. Ich schaute, ob sie okay ist, nahm ihr die Haare aus dem Gesicht und blieb, bis es wieder ging.

Ihren dankbaren Blick werd ich nie vergessen. Völlig fertig legte sie ihren Kopf gegen meine Schulter.

Als ich sagte: »Baby, du musst ins Bett!«, huschte ein Grinsen über ihr Gesicht.

»Wenn du mitkommst?«, sagte sie. »Nur zum Aufpassen, natürlich.« Das musste ich auch. Der Weg war zwar nicht weit, aber sie war echt hinüber.

Ganz selbstverständlich zog sie mich mit sich ins Haus. Und in die Wohnung. Okay … Was sollte ich jetzt machen? Ich spielte weiter den Fürsorglichen, ließ sie ne Kleinigkeit essen und trinken, Zähne putzen, und sie war anhänglich und folgsam wie ein Kind. Und in allem trotzdem so eine wunderschöne Frau.

Sie hatte ein Kleid an, so ein enges, schwarzes – richtig sexy. Das fing sie dann an auszuziehen. Na ja, sauber war es nicht mehr nach der Aktion. Aber sie bekam es nicht auf, und schon wieder wollte sie meine Hilfe. Mir wurde wärmer.

Aber ich bin ein Gentleman. Ich habe also geholfen, wenn

ich musste, und ihrem Wunsch gern entsprochen, da zu bleiben.

Weißt du, wie wenig man sich so einem hilflos wirkenden Mädchen entziehen kann? Wenn es zugleich die schönste Frau der Welt ist? Das ist sie, ich kann es nun umfassend beurteilen.

Sie zog sich ein Top über (ja, ich gebe zu, ich hab sie wieder angestarrt ...) und bestand drauf, dass ich bleibe ... rollte sich in meinen Arm, und zack schliefen wir ein.

Das Nächste, was ich mitbekommen habe, war, dass sie mit einer Kaffeetasse, hinter der sie fast nicht zu sehen war, ins Zimmer kam.

Ich musste blinzeln. Es war schon hell, das Fenster weit auf, und es roch nach Kaffee, und irgendwas Fruchtigem. Schätze, sie hatte geduscht.

Krass. Da wache ich bei dieser Frau im Bett auf. Die gar nicht mehr so hilflos und daneben aussieht, sondern nur noch schön. So richtig schön. Die Haare noch nass und die Haut rosig, und ihre Augen funkeln irgendwie interessant. Eine weiße zu große Strickjacke, darunter ein überlanges Shirt, wie ein Kleid. Und dann Beine. Schöne Beine.

Und nun? Den Fürsorglichen braucht sie nicht mehr. Komische Situation.

Ich grinse sie schräg an und irgendwie weiß keiner, was man sagen kann.

Zum Glück bietet sie mir Kaffee an.

Als ich frage, ob es ihr besser geht heute, sagt sie, sie weiß nichts mehr von gestern. Na, das wundert mich nicht ...

Wahrscheinlich hat sie viele Fragen, denk ich mir. Sie stellt aber keine. Stattdessen reden wir über das Wetter, und ich schaue ihre CD-Sammlung an. Als der Kaffee leer ist, fällt mir nichts mehr ein.

Ich fühle mich unwohl, die Situation ist total verrückt und ich viel zu gefangen von ihr.

In der Küche liegen Zettel und Stift. Ich ringe mich durch, ihr meine Nummer aufzuschreiben. Natürlich nur, falls noch was ist oder so.

Und dann kommt sie zu mir, stellt sich auf ihre barfuß Zehenspitzen, und küsst mich, kurz, auf den Mund. Und sagt: »Danke für letzte Nacht.«

Jetzt bin ich verwirrt. Warum sagt sie das? Ist ihr doch alles wieder eingefallen? Oder hat sie es gar nicht vergessen? Oder denkt sie, wir waren zusammen im Bett? Na gut, waren wir ja. Aber denkt sie, wir hätten … Puh.

Den ganzen Heimweg über purzelt mein Herz nur so vor Aufregung. Hoffentlich ruft sie an, oder schreibt was. Ich muss sie wiedersehen! Und wieder küssen. Und ihr dann alles erzählen. Damit sie keinen Dreck denkt. Meine Güte. Was mach ich hier?

Das Handy vibriert. Ist sie das schon? Oh. Zehn Nachrichten von Ben, und zwei Anrufe. Ob ich okay bin. Junge, so okay war ich noch nie!

3.

Queen of Rain
Roxette

Ich tagträume aus dem Fenster. Habe ich je was anderes gemacht? Diese Telefonnummer starrt mich nun schon einen Tag lang an. Manchmal starre ich zurück.

Was soll ich ihm denn schreiben? Einem Unbekannten …

Er hat mir keinen Namen dazu geschrieben. Na toll. Unter welchem Namen speicher ich ihn jetzt ins Handy? Irgendwas Absurdes. GUNTHER. Nee … dann kann ich ihn nicht mehr ernst nehmen. Das zweite Schaf hieß Gunther … wusste schon Otto damals zu berichten.

Wem ähnelte er denn?

So genau ist das Bild nicht mehr im Kopf. Nur, dass die Augen blau waren. Ein wunderschönes Blau, wohlgemerkt.

Also Käptn Blaubernd. Oder erst mal Bernd. Bis er was anderes behauptet.

Ich schreibe »Bernd« und seine Nummer in meine Kontakte. Das kribbelt ein bisschen. Ob er ein Profilbild hat und mit allen teilt?

Nein. Hat er nicht. Ach, schade …

Ich lege das Handy beiseite. Irgendwie wüsste ich ja schon

gern, wie der Abend verlaufen ist. Ob er es noch alles weiß. Und ... na ja, ob wir was miteinander hatten. Also, er lag in meinem Bett. Und ich in seinem Arm. Und ich hatte mein Schlaf-Top an, nicht mehr das Kleid ... und auch nicht den BH ...

Ich hatte Dori noch gefragt, wie und wann ich nach Hause bin. Aber sie wusste es nicht. Sie sagte, sie war abgemeldet sobald ich bei ihm stand. Hat sich eine Weile mit seinen Jungs unterhalten, und ist mit denen dann raus.

Da erfahre ich also auch nicht mehr.

Warum habe ich ihn nicht ausgefragt?

Weil ich nur Nieten gezogen habe im letzten Jahr. Eine Enttäuschung nach der anderen. Und ich wage es nicht so ganz zu hoffen, dass es diesmal anders ist. Mit Bernd. Oder wie er nun heißen mag.

Er war angenehme Gesellschaft – offensichtlich, wenn ich die Außenwelt ausgeblendet habe.

Und auch gestern früh. Er hat mich nicht bedrängt und war irgendwie ziemlich süß. Fast unbeholfen.

Es täte so gut. Mal einen normalen, angenehmen Typen kennenzulernen. Ich finde, das habe ich auch mal verdient. Oder nicht? Die Liste der Vielfalt zum Thema seltsame Männer ist irgendwie voll. Und mein Herz mag auch gar keine Tiefschläge mehr riskieren. Aber irgendwann muss es doch mal passen.

Ach Dori, was soll ich tun ...? Ich schreibe ihr und starre auf den Chat. Aber sie ist nicht am Handy.

Mein Finger schreibt Bernd auf die Fensterscheibe. Und einen Smiley daneben. Albern ... Sowas habe ich zuletzt als Teenie gemacht.

Verstohlener Blick zum Telefon. Ach, was soll's.

4.

I Want to Hold Your Hand
The Beatles

Bwwwt bwwwt. Das Handy. Ist sie es diesmal? Ich hab's fast aufgegeben. Ben und Jerry texten mich zu. Ob was gelaufen ist mit der Kleinen. Wann ich abgehauen bin. Warum ich nicht ans Telefon gehe.

Keine Lust auf Kasperköppe grad.

Nur Lust auf sie.

Ich schaue vorsichtig aufs Display und versinke im Sofa. Ne unbekannte Nummer!! Mein Herz jubelt. Ich versuche, die Vorfreude hinauszuzögern, aber halte es nicht aus und klicke die Nachricht an.

»Hallo, fremder Mann. Magst du noch mal Kaffee mit mir trinken? Und mir von Samstag erzählen?«

Ende. Nichts weiter. Kein Name. Am Klingelschild stand nur Lehmann. Das hab ich mir gemerkt. Und wie heißt sie nun?

Ich nenne sie was mit M. Weil ML ja Mona Lisa ist. Schönheit, Anmut … Also speicher ich ihre Nummer als »Mona«.

Okay. Mona hat auch ein Profilbild, und man kann sie so-

23

gar gut erkennen. Sommerlich, mit einem ziemlich frechen Blick. Mich hat es voll erwischt. So richtig. Diese Frau hat was Magnetisches. Ich denk wieder an das schwarze Kleid. Und dann an … ohne das Kleid. Und ihren Blick mit den Hundeaugen auf dem Heimweg. Wie kann man in dem desolaten Zustand noch so dermaßen süß sein?

Ich bin mir bei ihr überhaupt nicht sicher, was für eine Kategorie Frau sie ist. Betrunken war sie frech und nahbar. Na ja, wie manche Menschen eben werden, wenn sie weniger Hemmungen haben. Und, mangels Gleichgewichtssinn wahrscheinlich, recht anlehnungsbedürftig. Ich darf nicht den Fehler machen zu denken, sie sei immer so. Nüchtern, mit allen Mauern und Vorsicht-Schildern aktiv, sind Menschen ja ganz anders.

Ich mochte das anhängliche Kätzchen. Aber auch die Raubkatze, die das Kleid vermuten ließ. Und auch die reservierte Lady, die sie am Morgen war. Welche davon ich wohl antreffen würde, beim Kaffee?

Wow, ich merke, dass ich noch nie so einer Frau begegnet bin. Die mich so fasziniert und verunsichert zugleich. Klar, was weiß ich schon von ihr? Ich weiß, dass sie schön ist, und dass ich mich in den Hintern beiße, mit ihr im Bett gewesen zu sein, und auch wieder nicht. Lässt man so eine Chance verstreichen?

Ich habe immer noch ihr Foto auf dem Handy und versuche, mir alles einzuprägen. Ich meine, wenn sie mir auf der Straße begegnet, möchte ich sie schon erkennen. Sie hat honigblonde, glatte, lange Haare. Und braune Augen. Das weiß ich noch. Die habe ich abends gleich bemerkt. Schlank, aber nicht dünn. Irgendwie weich und weiblich.

Ach Mensch! Ich sollte mal antworten.

5.

Head over Feet
Alanis Morissette

Ich bin nervös. Gleich kommt Bernd, mich abholen. Er meinte, er kennt ja den Weg noch.

Wo er wohl wohnt? Ich weiß nix. Nicht über ihn, nicht über unseren Abend, nix nix.

Und er? Weiß wo ich wohne und wo er klingeln muss.

Na, vielleicht bin ich ja heute Abend schlauer.

Hab mich für eine Jeans und Sneaker entschieden. Nicht so sexy. Nicht, dass er denkt, ich will ihn ins Bett kriegen (haha, ja genau, hatte ich ja schon!).

Das Shirt hat immerhin einen ganz hübschen Ausschnitt. Aber das muss reichen.

Halb drei wollten wir uns treffen, und dann zu einem Café meiner Wahl spazieren. Als es klingelt, ist es 14:25 Uhr. Sehr pünktlich, Käptn Blaubernd. Ich sollte aufhören, ihn so zu nennen. Das findet er vielleicht nicht ganz so witzig wie ich …

Ich schnappe meine Tasche und gehe runter. Kurz tief durchatmen vor der Haustür, gedanklich das Krönchen richten, ein Lächeln ins Gesicht, und Tür auf.

Bernd ist da, steht lässig mit den Händen in der Jeans an eine Lampe gelehnt. Zum Glück raucht er nicht. Pluspunkt. Er schaut mich offen und freundlich an. Noch ein Pluspunkt. Mein Lächeln bleibt, und ich muss mich dafür nicht anstrengen. Mein Gesicht übernimmt das grad automatisch.

Auch ganz automatisch gehe ich auf Bernd zu und hauche ihm einen Kuss auf die Wange.

Jetzt lächelt er auch. Magic!

Aber nun sind wir nervös, beide, offenbar. Er bricht zum Glück das Eis und fragt, wo es lang geht, zu meinem Café. Und wir gehen los.

Ich beschreibe ihm, wo wir hingehen. Dass es dort den besten Kuchen der Welt gibt, und den leckersten Kaffee, und dass Bruce Springsteen da in den 90ern ein Video gedreht hat. »Ah, ins ›Butter‹ führst du mich? Sehr gute Wahl!«, sagt er. Krass. Er kennt es und die Story mit Bruce. Doppelpluspunkt.

Auf dem Weg erzählt er mir, dass sein Vater immer Springsteen gehört hat und er quasi damit aufgewachsen ist. Das Video fanden beide dann natürlich besonders cool, weil es Berlin nach der Wende zeigt. Wie lässig er sich durch Ost und West im Cabrio bewegt. Das war schon was.

»Wie alt warst du denn, als das Video rauskam?«, frage ich.

»Mitte 90er, vielleicht 6?«

»Also bist du so Jahrgang … 89 oder so?«

»Jepp, genau. Und du? Darf man das eine Dame fragen?«

»Keine Ahnung, wie das bei Damen so ist. Ich bin jedenfalls keine. Bin 92 geboren.«

Wir erreichen das »Butter« und es ist sogar draußen ein

Tisch frei. Er rückt mir den Stuhl zurecht. Hach, so kleine Gentleman-Gesten finde ich ja durchaus wunderbar. Ich gebe das ungern zu. Ich spiel auch echt gern mal die unabhängige Powerfrau. Die niemanden braucht. Aber es tut schon gut, mal die Schale ein bisschen aufzuweichen.

Meine Neugier ist inzwischen ins Unermessliche gewachsen, und ich überlege hin und her, wie ich das Gespräch auf letzten Samstag lenken kann.

Der Kellner kommt vorbei und wir nehmen beide einen schwarzen Kaffee und ein Stück Rhabarberkuchen. Jetzt sieht Bernd mich feierlich an und verkündet:

»Und nun kommen wir zu dem eigentlichen Grund, warum wir uns alle hier versammelt haben!«

Ich grinse schief. Bin aber dankbar, dass er davon anfängt.

»Du weißt gar nichts mehr, so richtig gar nichts?«

»Nein. Nur, was meine Freundin mir noch vom Club erzählen konnte. Das war aber fast nichts.«

»Oh je! Na dann fange ich ganz vorn an …«

Und dann erzählt er, und ich werde immer kleiner innerlich. Das Krönchen rutscht auf Halbmast. Kurz: Ich hab gekotzt, konnte nicht mehr gerade laufen, und er musste mich versorgen und ins Bett bringen. Und ich habe ihn nicht gehen lassen. Anhänglich wie ein kleines Kind.

Angeblich hatten wir nichts miteinander. Nicht mal einen Kuss. Vermutlich war ich eh zu nichts in der Lage … und außerdem, wie sexy ist frau noch, nach dem Übergeben?

Als ich frage, wie ich in mein Nachtzeug gekommen bin, schaut er auf den Tisch und murmelt: »Hast du selbst gemacht.«

Endlich kommen Kaffee und Kuchen, und ich kann meine neue Unsicherheit ein wenig überspielen.

»Warum hast du das alles für mich gemacht? Du kennst mich doch gar nicht?«

»Weiß ich auch nicht. Ich konnte nicht Nein zu dir sagen. Du warst ganz schön süß, so betrunken, weißt du?«

»Das ist schon alles verrückt, findest du nicht?«

»Ja, total. Und ich weiß nicht mal, wie du eigentlich heißt. Außer Lehmann.«

»Melina.«

»Ha, fast!«

»Bitte wie?«

»Na, als irgendwas musste ich dich ja im Handy speichern. Und ML war richtig. Nur bei mir heißt du erst mal Mona.«

»Äääh. Ja. Das ist wirr, aber ich kenne das Problem.«

»Ach ja? Ja klar, mit Filmriss deluxe … Jetzt bin ich aber gespannt, wie ich in deinem Handy heiße.«

Oh. Shit. Ich bin geliefert. Na immerhin nicht Gunther. Ich möchte in meine Kaffeetasse kriechen und nur über den Rand gucken.

»Bernd?«, sage ich nur. Leider fragt er nach.

»Na … Bernd. Weil du blaue Augen hast. Und … na ja. Käptn Blaubernd eben.«

Da prustet er schallend los.

»Das muss ich Ben und Jerry erzählen!«

»Hä??«

»Meine beiden Kumpels, mit denen ich im Club war. Na ja eigentlich Ben und Sören. Egal. Herrlich!«

Ich verstehe weiter nur Bahnhof. Und weiß immer noch nicht, wie er heißt.

»Und, sagst du mir, wie du heißt? Sonst musst du leider Bernd bleiben. Für immer.«

»Bernd und Mona. Klingt doch gut. Und der Beginn der Story hat auch Potenzial.«

Mein Herz hüpft. »Findest du?«

»Na schon, das glaubt einem doch alles keiner.«

»Ja, das stimmt. Ich dachte schon, anders Potenzial.« Ich rede mich um Kopf und Kragen, oder? Mensch, Mädel.

»Oh. Also, das wollte ich nicht sagen. Aber auch nicht nicht sagen. Also, nicht ausschließen. Du verstehst schon. Oder? Oh je. Also, ich wünsche mir, dass es vielleicht der Anfang von etwas ist. Und ich möchte gern weiter rausfinden, was für eine Frau du nüchtern bist.« Und er atmet tief durch und grinst.

Das ist ihm grad gleichzeitig rausgerutscht und schwergefallen. Faszinierend.

Ich nutze die Gelegenheit und rücke mein Krönchen gedanklich wieder grade.

Und überlege, was ich antworten soll.

Jetzt huscht mir ein Grinsen durchs Gesicht und ich sage: »Ich würd dich auch gern öfter sehen. Bernd. Dann bleibst du eben Bernd. Was sind schon Namen.«

Jetzt ist er kurz irritiert. Und sagt dann, auch grinsend: »Okay, wenn du meine Mona bleibst?«

»Warum eigentlich Mona?«

»Na Mona Lisa, die ML. Weil, wegen der Schönheit. Und dem Nachnamen mit L.«

Oh … das ist ja mal süß. So schlimm schien er mich also nicht gefunden zu haben.

Er lässt mich kurz allein und ich denke über Mona und Bernd nach und grinse breit. Ich mag den Typen. Nicht ein

Moment heute, in dem er mich enttäuscht, geärgert, desillusioniert hat, keine Minuspunkte. Muss man(n) erst mal schaffen. Na ja, nicht, dass ich zu anspruchsvoll wäre (oder doch??) – aber die Fallen lauern überall. Wenn einer nicht zuhört, oder raucht, oder ungepflegt ist irgendwie, oder … ach es gibt Sachen, die kann ich nicht gut ertragen. Aber er … den ertrage ich gern wieder.

Da kommt er wieder raus. Lässig. Puh. Kaum zu glauben, dass ich gerade ein Date mit ihm habe. Er bleibt am Tisch stehen.

»Gehen wir noch ein Stück?«

»Wir müssen noch zahlen.«

»Haben wir grad.« Er grinst. »Diesmal geht der Kaffee auf mich.«

Stimmt ja, der letzte ging auf mich. Meine Gedanken wandern zu Sonntagmorgen. Er, noch ganz verpennt, in meinem Bett.

Ob ich das noch mal haben kann? Ich möchte das. Der ist lieb. Und anziehend. Und anständig. Und herrlich verpeilt manchmal. Mein Herz hüpft wild.

Ich stehe auf und gebe ihm den zweiten Kuss, auf die andere Wange. »Danke, für die Einladung!«

»Ach was. Ist doch Ehrensache.«

Als wir losgehen, hake ich mich bei ihm ein, und es fühlt sich so vertraut an. Bestimmt sind wir vom Club zu mir auch so gegangen.

6.

Candlelight
Jack Savoretti

Wäsche waschen, Küche schrubben, Bad zum Glänzen bringen. Ich kann das alles. Ich mag es nur nicht. Mag das überhaupt wer? Ich hatte die letzten drei Wochen den Kopf in den Wolken. Und mir war irgendwie egal, ob da Socken oder Brotkrümel rumliegen.

Aber heute ist es nicht egal. Heute kommt Mona vorbei. Ben wollte mit mir was trinken gehen. Hab ihm geantwortet, dass sie heute rumkommen will. Und er? »Na dann aber schnell noch die Bude bumsbar machen!!«

Ben ist immer etwas direkter. Und er hat meine Wohnung vorgestern gesehen.

Bumsbar machen. Klingt so berechnend. Aber eigentlich würde es mich auch nicht wundern, wenn wir ein bisschen weiterkämen heute.

Krass, wie mein Körper auf sie reagiert. Und sie hat auch kein Problem mit Nähe.

Wir haben uns dreimal getroffen und waren spazieren und Kaffee oder ein Feierabendbier trinken. Immer hat sie die Nähe gesucht.

Meine Hand oder meinen Arm genommen beim Gehen, mir einen Kuss gegeben.

Nach dem Abend im Biergarten haben wir den halben Weg heftig geknutscht.

Ich kam mir vor wie mit 14, die erste Freundin, heimlich hinten auf dem Schulhof, bei der Schuldisco.

Nur dass wir wussten, wie es geht. Oh Mann, und wie sie das weiß. Verstand ade! Sie küsst wie eine Göttin. Du kannst noch so verspielt und brav anfangen zu küssen. Sie fängt dich ein, magnetisch, warm – nein – heiß! Und dann küsst ihr ganzer Körper mit. Das ist unglaublich. Sie muss gemerkt haben, wie sehr es mir gefällt. Ich musste mich arg beherrschen, nicht komplett zu vergessen, wo wir sind. Am liebsten hätte ich an Ort und Stelle was mit ihr angefangen. Wie sie so auf meinem Schoß saß nachher, auf der Parkbank, mit einem weit schwingenden Rock. Da kommt der anständigste Mann auf Ideen.

Aber so ein bisschen macht es mir auch Spaß, das hinauszuzögern. Wir haben uns also verabschiedet, vor ihrer Tür. Ich bin nicht mit hoch, weil uns beiden noch ein Arbeitstag bevorstand. Sie schien enttäuscht. Aber nicht böse.

Also. Aufräumen. Sauber machen. Das lenkt vielleicht auch etwas ab. Ich hab noch circa zwei Stunden, bis sie da ist.

Ob sie auf Kerzen und sowas steht?

Ich weiß gar nicht, ob bei ihr sowas rumsteht. Ich möchte Kerzen anmachen, wenn wir uns ausziehen. Meine Gedanken wandern wieder zu ihrem perfekten Körper. Ich möchte sie sehen können.

Okay, ich entstaube zwei große Stumpenkerzen. Und stelle sie auf ein kleines Tablett ins Fenster. Mein Schlafzimmer besteht quasi nur aus meinem Bett. Das andere Zimmer ist größer und hat die offene Küche mit dran.

Es sieht jetzt alles recht manierlich aus und ich gehe duschen. Ich habe tatsächlich dreimal trainiert jede Woche, seit ich sie getroffen habe. Um mich ein bisschen wieder in Form zu kriegen. Also, trainieren heißt bei mir schwimmen. Da kriege ich am besten den Kopf leer. Ich bewege mich mechanisch, das Wasser rauscht in den Ohren, ich sehe den Atem, regelmäßig, wie eine Trance, ein Flow, wortwörtlich. Und es ist irgendwie das beste Ganzkörpertraining, das ich kenne.

Also, Bude okay, ich geduscht. Immer noch zehn Minuten Zeit. Ich stelle Bier und Wein kalt. Habe keine Ahnung, was sie möchte. Weingläser … könnte ich auch noch mal abwaschen.

Nun klingel schon. Oh Mann. Ich hab's nicht so mit Warten. Und ich bin so dermaßen gespannt – auf sie, auf den Abend. Ich brauche nur dran denken und mein Blut verlässt den Kopf. Na das kann ja was werden.

Endlich.

Es klingelt. Ich drücke den Summer, und höre sie die Treppen hochkommen. Bis zum vierten Stock braucht man etwas Puste, wenn man es nicht täglich hat. Entsprechend außer Atem kommt sie oben an.

Puh, außer Atem bin ich auch sofort. Sie hat sich heute in Angriffs-Schale geworfen. Sie schlüpft durch die Tür, macht sie hinter sich zu und schmiegt sich in meinen Arm. Das Herz klopft vom Treppensteigen. Oder noch mehr? Meins klopft auch.

Meine Hände wissen gar nicht, wo sie hinsollen. Sie landen auf ihrem Rücken und folgen dem engen Kleid hinab, bis sie auf ihrem Hintern liegen. Ich atme etwas schwer und frage mich, ob es höflicher wäre, sie richtig reinzubitten. Was zu trinken anbieten. All das. Aber es geht nicht. Es wäre unpassend grad. Und alles an mir will hier weitermachen, zur Not hier an der Wohnungstür.

Ich beuge mich zu ihr und streiche mit den Bartstoppeln und den Lippen ihren Hals entlang. »Du siehst heiß aus«, murmel ich an ihrem Ohr. Sie hat ihre Hände längst unter meinem Shirt. Ich ziehe ihren Hintern nah an mich heran. Und wir küssen uns wie Ertrinkende.

7.

That's the Way Love Goes
Janet Jackson

Liebes Tagebuch … ja komm, so ein bisschen seid ihr das ja schon für mich. Euch kann ich es erzählen. Kann ich doch, oder? Ihr habt auch diesen Morgen mit mir erlebt. Ihr versteht mich.

Also. Ich war wieder mit ihm im Bett. Und ich weiß diesmal sogar noch, wie es war. Ich glaub, ich werd es auch nie vergessen. Bin noch ganz kribbelig, wenn ich dran denke.

Ich war bei ihm. Bei Bernd, der nicht Bernd heißt. Er heißt eigentlich Alex. Jetzt weiß ich auch das mal. Aber zum Thema zurück. Ich bin zu ihm gegangen, wir hatten uns für Freitagabend verabredet. Nachdem wir Mittwoch schon fast übereinander hergefallen waren, mitten auf der Straße. Irgendwie war die Zeit nun mehr als reif.

Und weil es eh so klar war, was passiert, hab ich mich auch ein bisschen weiblicher angezogen. Mit engem, schwarzem Kleid und hohen Schuhen. (Oh, hätte ich gewusst, dass er im vierten Stock wohnt!!! Aber ich hätte sie wohl trotzdem angezogen.) Die Haare frisch gewaschen und seidig, die Augen ein bisschen betont … Lieblingsparfüm angelegt.

Kennt ihr den Spruch, dass Frau das Parfüm dort auftragen soll, wo sie geküsst werden will? Am liebsten hätte ich ja drin gebadet.

Aber nein, lieber dezent. Ich habe es am Hals und im Dekolleté aufgetragen. Ein bisschen noch am Handgelenk.

Ich fühlte mich also ganz gut mit mir und war fast pünktlich bei ihm. Und dann diese Treppen! Ich bin leider ziemlich atemlos oben angekommen, wo er, erwartungsgemäß, sehr lässig in der Tür lehnte.

Ich konnte erst mal nichts tun, als mich ihm, im Wortsinn, an den Hals zu schmeißen. Und lieber die Tür noch zuzumachen. Wir wollten ja so gern allein sein.

In seinem Arm war ich aber ganz gut aufgehoben für das Vorhaben. Ihn animierte das jedenfalls offensichtlich. Noch an der Wohnungstür begann eine heftige Knutscherei, mit Hand und Fuß sozusagen. Mein Kleid war irgendwie ganz schnell nur noch ein Hindernis. Genauso wie sein Shirt. Ich glaube, beides fiel schon an der Tür zu Boden.

Habe ich seinen Oberkörper erwähnt? Oh, was bin ich verrückt danach! Sah schon unter dem T-Shirt immer so verlockend aus. Und ohne … wow … diese starken Arme hoben mich dann tatsächlich hoch, mitten im Kuss, einfach so, und ich fand mich im Schlafzimmer, auf dem Bett wieder. Er machte noch zwei Kerzen an, und dann war er wieder bei mir.

Geredet haben wir fast gar nicht an dem Abend. Unsere Körper haben miteinander geredet, irgendwie. Tatsächlich. Also, wir haben einander gezeigt, was gut ist, oder die Hände oder Lippen dahin gelenkt, wo wir sie haben wollen. Ganz ohne Worte. Nur mit Genießen.

Dafür, dass wir, glaube ich, beide recht gespannt aufeinander waren, haben wir uns doch noch lange Zeit gelassen. Überhaupt hatte ich das Gefühl, er möchte jeden Moment aufsaugen. Mich hat noch nie ein Mann so angesehen. Und es war mir überhaupt nicht unangenehm.

Ich möchte gar nicht so indiskret werden, aber stellt euch vor, immer wenn ihr denkt, keinen Moment länger warten zu können … und ja, er hat sich stets vergewissert, wie es um mich steht … und ja, es war Aquaplaning, die ganze Zeit … ließ er mich weiter unendlich zappeln.

So viel Selbstbeherrschung habe ich noch nicht gesehen.

Er hatte sich beizeiten schon einen Überzieher geangelt, und ich dachte, nun geht es los. Aber laaaange nicht. Wie er mich gereizt hat, um dann nur zu genießen, wie ich reagiere …

Aber auch der beherrschteste Mann hat dann wohl seine Grenzen, und irgendwann hat er uns dann erlöst. Ich sag euch, es war wunderschön. So ein »endlich!«-Gefühl, und so ein inniges Erlebnis, bis wir uns beide für die Geduld in der Ungeduld belohnten.

Wahnsinn. Es fallen mir keine anderen Worte dafür ein. Es war einfach wahnsinnig gut.

8.

Straight Up
Me First and the Gimme Gimmes

Ich bin ja grundsätzlich gegen Drogen. Also, okay, ich trink mal was. Aber das war's auch. Vor solchen Sachen habe ich echt Respekt. Aber wie es einem nach so einer Nacht gehen kann, davor wird man doch wohl nirgends gewarnt. Ich hocke wie paralysiert auf der Bettkante. Ich kann irgendwie nicht mal denken. Die zwei Kerzen stehen da, na ja, eigentlich in recht zweifelhaftem Zustand.

Dahingeschmolzen. Schneller als geplant. Wie ich … Das Tablett war eine gute Idee, darunter. Es ist mit Wachs ausgefüllt.

Ich sollte nicht so Feuer und Flamme sein. Das geht alles zu schnell. Wahrscheinlich bin ich einer von vielen für sie. Eine Eroberung und nun wieder egal. Verdammte Hormone.

Ja, es war klar, was passieren würde. Irgendwie schon. Und ich wollte nichts mehr als das. Aber was weiß ich denn über sie?

Mona, Melina, oder wie auch immer. Melona. Ich habe eine Wassermelona getragen.

Ich muss grinsen. Getragen habe ich sie. Bis zum Bett. Und sie schien das zu mögen. Und was dann kam, schien ihr offenbar auch zu gefallen.

Ich konnte mich einfach nicht sattsehen. Wie sie da lag, und mich wollte. Und so schön war, dabei. Die Augen genussvoll geschlossen. Sich die Lippen leckend oder drauf beißend. Ihre Hände wussten nicht, wo sie überall sein wollten. Ich nahm nachher eine Krawatte. Und band ihre Hände locker am Bett fest. Natürlich nur, nachdem sie lächelnd genickt hatte. Faszinierend … Nun bewegte sich dafür ihr Becken intensiver.

Das kostete schon etwas Beherrschung … bis es schmerzte. Aber sogar das konnte ich durchaus genießen.

Das Schlimme ist, man hält das ja für Zuneigung, in dem Moment. Dabei ist es nur Trieb. Ganz einfache Knöpfe, die wir bedienen. Hormone eben.

Die Geschichte hat ein bisschen zu verrückt angefangen. Mit so viel Nähe, ohne sich wirklich zu kennen.

Bin ich überhaupt nicht der Typ für. Auch sonst bin ich kein Womanizer. Ben hat ja immer an jedem Finger eine, nur keine richtig. Ich mach einen Bogen drum, um Flirts und Romanzen. Bringt ja alles nur Drama. Hatte ich genug.

Und nun sowas. So eine Frau. DIE Frau. In meinem Bett. Und sie blieb bis morgens. Und hat Kaffee gemacht, und mit mir gefrühstückt. Wie nach unserer ersten Nacht.

Ich wüsste es so gern, ob es für sie ernst sein könnte. Es macht mich krank zu denken, sie hat nun, was sie wollte, und geht. Oder will nur jemanden für Spaß. Aber sowas kann man doch nicht fragen, nach der ersten (bewusst erlebten) Nacht.

Ich mache ein Foto vom zerwühlten Bett und sende es ihr. Mit dem Satz: »Bin noch aufgewühlt.« Sie liest es sofort. Und schickt einen lächelnden Smiley zurück. Hm.

9.

Carry You Home
Ward Thomas

Dori kenne ich seit ungefähr zwei Jahren. Sie war als neue Kollegin dazugekommen und wir hatten oft zusammen Dienst. Ich war damals ziemlich neben der Spur und sie hat mich aufgefangen. Natürlich ging es ums Herzgebreche.

Irgendwie macht das doch bestimmt über die Hälfte der Sorgen auf der Welt aus, oder?

Wer ist schon happy, so dauerhaft? Irgendwas gibt es zwischen den Menschen immer mal, was die Stimmung trübt.

Na ja. Ich war ziemlich unglücklich verliebt damals. Ich glaube, er war verheiratet. Hat er aber nie gesagt. Aber das könnte erklären, warum letztendlich nichts geklappt hat.

Ich gehe mit Dori spazieren und erzähle ihr von Bernd. Alex. Na, ihr wisst schon.

Dori hört zu. Das kann sie gut. Sie bewertet nichts, hört alles an, fragt, wie es mir geht.

»Ich hatte noch nie so guten Sex«, gestehe ich. »Aber ansonsten weiß ich immer noch fast nichts über ihn. Irgendwie haben wir verkehrt angefangen und ich habe keine Ahnung, ob er was für mich ist.«

»Er ist gut für dich im Bett. Ist doch nicht nichts! Aber ich weiß, was du meinst.«

»Will ich das denn überhaupt, dass er was für mich wäre? Das macht alles so kompliziert. Und was mache ich dann mit Tobi?«

»Ach ja, Tobi. Wann kommt der denn zurück? Meinst du, der meldet sich dann wieder öfter? Da ist ja jetzt auch schon eine Weile ziemlich Ruhe eingekehrt.«

»Keine Ahnung was das noch ist. Er wollte in zwei, drei Wochen wieder da sein. Hat den Flug letzte Woche gebucht schon, glaube ich. Ich denk aber gerade fast gar nicht mehr an ihn.«

»Wie überraschend«, sagt Dori und grinst. »Mister Blaubernd hat es dir ziemlich angetan.«

»Und was soll ich jetzt machen? Kann man jemanden nach so einem Start erst mal ausbremsen, ohne dass das doof rüber kommt?«

»Möchtest du das denn?«

»Ach was weiß denn ich!! Ich möchte jede Nacht haben wie die letzte. Aber ich weiß ja, wie schnell das dann Gewohnheit ist. Und gar nicht mehr spannend. Und … Er macht einen so lieben und ruhigen Eindruck. Ich weiß gar nicht, ob außer seinem Körper was spannend ist an ihm.«

»Liebes … Er kümmert sich wie ein Bruder um dich, wartet wie ein geduldiger Wolf und vernascht dich nach allen Regeln der Kunst. Kann es vielleicht auch sein, dass du Angst hast, weil er so wunderbar zu dir passen könnte?«

»Würde er?« Ich schaue unsicher und fühle mich wie ein Kind, das nicht glaubt, dass es gerade wirklich einen Lolli angeboten bekommt.

»Schau dich doch an. Du hast dich für einen Spaziergang mit mir geschminkt, hübsch gemacht, und strahlst selbst durch deine Zweifel hindurch mit der Sonne um die Wette. Du magst dich wieder. Und du magst die Welt. Und schau, die Welt mag dich! Wenn die Typen mich alle so ansehen würden wie dich heute!! Ich würde mit einem Grinsen einschlafen. Und du siehst die nicht mal.«

»Typen?«

»Siehst du, so vernarrt bist du schon in den schönen Bernd.«

Ich schaue auf mein Handy, ob er noch was geschrieben hat. Nichts.

10.

Dein Hurra

Bosse

Drei Tage lang hing ich richtig durch. So durch, wie man nur hängen kann. Eigentlich ziemlich dämlich, wie man sich verrückt macht, oder? Ich meine, es war ja nur Sex. Ne heiße Nacht. Manche machen das dauernd und denken kein bisschen drüber nach.

Ich bin halt nicht manche.

Also, allein wie sie daherkam. Schon irgendwie aufgedonnert. Mehr als sonst. Mit diesen Schuhen. Sie wirkte auf einmal wie eine männerfressende Diva. Versteht mich nicht falsch, auf eine Art stehen wir Männer auf sowas. Aber wenn's dann darum geht, gefressen worden zu sein, ist es irgendwie vorbei.

Ja, sie war auch die anhängliche, kuschelige und manchmal unsichere Mona-Melona. War sie alles. Aber dieser erste Auftritt, und dieses fast an der Wohnungstür verspeisen, das war heiß und beängstigend zugleich.

Ich denke zu viel nach. Warum kann ich es nicht einfach genießen?

Ich hab mich seltsamerweise zugleich benutzt gefühlt

und ein schlechtes Gewissen gehabt. Das ist auch wahr. Sie hatte diese Signale bekommen von mir, dass ich startklar wäre, wenn sie es ist. Das Treffen davor war eindeutig. Dabei war es doch viel zu früh. Oder?

Ach ja, ich weiß, heute verabredet man sich nur zum ins Bett gehen. Vielleicht war es sogar langsam für moderne Verhältnisse. Meins wäre das nicht.

Ich haderte also mit mir. Und mit ihr. Wer ist sie wirklich? Also, ist sie Vamp, oder Kuschelkatze, oder schüchtern? Ist sie all das?

Sie hat mir wenig geschrieben danach, und das hat meine Gedanken nicht eben beruhigt. Wenn sie schrieb, war es schon lieb, und es war auch klar, dass wir uns wiedersehen, bald. Aber sie flüchtete sich in Arbeit. Oder sie hatte wirklich zu tun. Wer weiß. Soweit ich das mitbekommen habe, arbeitet sie im Gartencenter bei einem Baumarkt. Mag ja sein, dass es da im Sommer auch mal anstrengender ist als im Winter. Aber ich dachte, der Schichtbetrieb begrenzt das dann irgendwie.

Hab mich erwischt beim Depri-Musik hören. Und Ben hat's auch gemerkt, als er Montag da war. Jaaa, der Ben. Das kennt er nicht. Seine Affären sind flüchtig wie der »Geist« von billigem Fusel. Er findet das lustig, wenn ich mich so fertig mache wegen einer. Spinner. Frage mich, ob er schon immer so war. Oder ob eine ihm den Rest gegeben hat, und er dann so geworden ist.

Mittwoch, endlich, hab ich sie wiedergesehen. Eis essen wollten wir, der Sommer war immer noch toll, heiß, sonnig. Ich hab sie also abgeholt – und sie hat mich nicht hochgebeten. Sie kam runter. Zum Glück hat sie mich nicht so lange grübeln lassen.

Und kaum war sie da, waren alle Zweifel weg. Das war … Magie … irgendwie, schon wieder. Kein Vamp, nur ein süßes Top und ein schwingender Rock. Und flache Schuhe.

Die Augen strahlend und die Laune bestens. Warum genau hatte ich mir Gedanken gemacht?

Als ob sie mit einem Wimpernschlag die Wolken aus meinem Hirn geschoben hat.

Ich ging verstrahlt neben ihr her, die Hand um ihre Hüften, und es fühlte sich an, als sollte es genau so sein. Passt einfach.

Der Nachmittag war einfach schön und unbeschwert. Eis essen, durch die Straßen laufen, Schaufenster anschauen und über komische Leute schmunzeln. Nebenbei hat sie mir von ihrer Woche erzählt, und dass sie die Chefin vertreten musste einige Tage, was eine große Chance sei.

Also wirklich Stress …

In einem Park haben wir ziemlich romantisch geknutscht und auf einmal kam die kleine Vamp-Mona kurz vorbei und raunte: »Zu mir oder zu dir?« – worauf mein Körper sehr sprunghaft und deutlich reagierte … Mit letztem Rest Verstand überlegte ich, was näher ist. »Zu mir …«

11.

Torn
Natalie Imbruglia

Ach, warum mache ich es mir denn immer so schwer? Oder ist es eben halt schwer? Bin ich schwierig? Ist Liebe schwierig?

Man könnte doch meinen, da findet sich endlich mal einer, der lieb ist und sexy und nicht blöd im Kopf. Und dann ist alles gut. Aber irgendwie auch nicht.

Vielleicht hat Dori ja recht – und ich habe nur Angst, dass er zu gut passt. Und ich mich richtig verliebe, und verletzbar bin. Wer will das schon. Mal ehrlich!!

Ich mein, klar, am Anfang wirken die immer so, als könnten sie dir um nichts in der Welt wehtun. Oder? Na ja, gibt auch andere. Also Dori zum Beispiel verguckt sich dauernd in solche Typen, da müsst man blind sein, um nicht zu denken, der ist ein Arsch. Vielleicht sucht sie den soften Kern. Und fällt jedes Mal auf die Nase, wirklich je-des Mal!

Hilft mir mit Alex nun auch nicht weiter. Also, ein Arsch ist er nicht. Könnt er nie sein, bin ich ziemlich sicher. Und wenn mir das fehlt? So eine winzige Prise Arschseinkönnen?

Vielleicht müssten wir uns einfach öfter sehen. Weil, immer wenn wir zusammen sind, ist es irgendwie einfach. Dann passt alles, wir quatschen richtig viel und witzig miteinander, und können auch nicht wirklich genug voneinander bekommen im Bett. Wenn er da ist, hab ich keine komplizierten Gedanken. Fast keine. Neulich hat er mich gefragt, was meine bisher längste Beziehung war, und warum sie zu Ende ging. Und dann dachte ich an Mike. Und wurde traurig. Er hat es auch bemerkt, dass die Stimmung dann irgendwie gekippt ist. Und sich entschuldigt. Aber kann er ja nicht wissen, dass er da eine Wunde anfasst, die noch nicht gut verheilt ist.

Ich hab ihm nur ausweichend geantwortet. Dass die Beziehung fast vier Jahre ging und er weggezogen ist, und mich nicht mitnehmen wollte. Wie weh das alles tat, und dass er eine andere hatte, die dort auf ihn wartete, das kreiste dann nur mir im Kopf. Sowas bleibt eben leider in Erinnerung. Es sitzt richtig tief, auch nach drei Jahren noch.

Wir haben dann eine Weile schweigend im Bett gelegen und wussten nicht, wie wir wieder rauskommen, aus dieser grübeligen Situation. Ich hab ihm dann irgendwann von meinen Haustieren in der Kindheit erzählt, nur um das Thema zu wechseln. Ich glaub, er war dankbar. Aber selbst Tiere hat man unendlich lieb und sie sterben immer zu früh.

Dazu hat er dann etwas ziemlich Süßes gesagt, nämlich, dass das Vermissen zum Liebhaben ja dazu gehört. Und je trauriger man um den Verlust ist, umso mehr hat man das Tier oder auch den Menschen lieben können, was ja eigentlich etwas Schönes ist. Und darum müsse man dann immer dankbar sein, jemand so Liebenswertes im Leben gehabt zu haben. Das klingt sehr schön, oder? Weise, irgendwie. Ich versuche, dankbar zu sein, für alle Ex-Freunde und Affären, die mir das Herz rausgerissen haben. Es ist so schwer!

Nun sitze ich hier und starre Löcher in die Luft, und frage mich, warum ich immer noch nicht glücklich sein kann, und mich fallen lassen, in diese frische, rosarote neue Liebe. Er hat das doch verdient, dass ich ihm eine richtige Chance gebe, oder nicht?

Ob er gar keine Zweifel hat? Er wirkt immer total abgeklärt und felsenfest. Er hat auch auf alles eine Antwort, irgendwie, und die klingt dann auch immer plausibel, beruhigend, schlau. Und dann ich daneben. Ich fühle mich wie eine Feder im Wind. Als ob er versucht, mich zu greifen, und es geht einfach nicht. Keiner könnte das grad.

Ich wünsch mir, dass er es weiter versucht, und es ihm gelingt. Irgendwann. Ich glaub, das wünsch ich mir wirklich. Puh. Na, ich will mal mithelfen. Vor zwei Stunden hat er mir eine Nachricht geschrieben. Dass er beim Einkaufen dran gedacht hat, mir eine Zahnbürste zu kaufen, damit ich öfter spontan da bleiben kann. Das ist schon eine schöne Geste, zwar auch pragmatisch, aber klingt nach sehr viel mehr. Wir sind nun wohl richtig »zusammen«. Ich habe eine Zahnbürste bei ihm …

Ich straffe die Schultern, sage meinen Mundwinkeln, dass wir das eigentlich süß finden, und antworte ihm endlich mal.

»Das ist ja lieb. Wann kann ich die denn einweihen, spontan?«

»Ich hatte gehofft, dass du das fragst!«, kam zurück. »Komm rum, ich bin da. Soll ich dir entgegenkommen?«

»Okay, ich gehe in 15 Minuten los.«

Zahnbürste brauch ich wohl nicht einpacken, denk ich mir und grinse.

12.

Whiskey in the Jar
Thin Lizzy

Bin mit Ben und Jerry was trinken. Haben wir ewig nicht gemacht. Es gab schon Beschwerden. Sie haben ja recht. Ich kann ja nicht alle Freunde vergessen, nur weil auf einmal eine Frau auftaucht und alles auf den Kopf stellt.

Ben fragt mich aus, über Mona. Er hört nicht auf, sie Mona zu nennen, und ich irgendwie auch nicht, zugegeben. Ist ja auch nah genug dran an Melina. Oder?

Ich fühle mich unwohl. Kennt ihr das, wenn ihr euch fühlt, als ob man die Flamme vor den Freunden rechtfertigt? Eine Werbeveranstaltung abhält und trotzdem kommen kritische Nachfragen? Die irgendwie die zweifelnde innere Stimme bestärken? Verdammt, können die Jungs sich nicht einfach freuen, dass mal was zu klappen scheint?

Ich merke, dass ich nicht so viel über sie weiß, immer noch nicht. Einige Fragen kann ich nicht beantworten. Wo ihre Eltern und Familie herkommen. Was sie gelernt hat, oder studiert. Ob sie Geschwister hat. Und so weiter.

Reicht es nicht, dass sie mir guttut? Ich bestelle noch ein Bier. Ist schon das vierte. Zunge wird auch langsam schwer.

Als ich den Jungs sage, ich hab ihr eine Zahnbürste ins Bad gestellt, lachen sie laut. Oh Mann. Was ist daran lustig?

»Der Junge ist verknallt!!«, wiehert Jerry.

Ja, und? Okay, bin ich nicht dauernd, ich heiße ja nicht Ben. Ben überlegt, wie viele Zahnbürsten gerade angemessen wären für sein Leben und kommt noch selbst dahinter, dass es nicht so richtig die gute Strategie wäre für ihn. Wir lachen uns kaputt, bei der Idee, eine seiner Flammen würde im Bad ihre Zahnbürste raussuchen. Aus Hygienegründen müsste man sie natürlich beschriften. Wegen des Datenschutzes dann aber wieder nicht so genau. Es gäbe sicher das eine oder andere spannende Gespräch, und nach zwei Wochen wäre die Zahnbürstenreihe deutlich kürzer. Nein, für solche Gespräche ist Ben nicht gemacht. Für ihn ist auch jede die Einzige, irgendwie, weil er nur im Moment lebt. Ich frage mich dennoch, wie er das hinkriegt. Also, dass die sich nicht über den Weg laufen, die Ladys.

Jerry fragt nach Monas Freundin. Ob ich die denn auch mal kennengelernt hätte. Auch nicht. Irgendwie sind wir halt am liebsten zu zweit. Ja, klar, man könnte mal wieder tanzen gehen, und dann alle zusammen. Warum nicht? Ich schicke Mona ein albernes Foto von uns dreien und schreibe:

»Gehst du noch mal mit uns tanzen? Und bringst Dori auch mit?« Ich habe gar keine Ahnung, was sie eigentlich heute Abend macht.

Ganz untypisch kommt fast sofort eine Antwort. Bild von Dori und ihr, mit Cocktails.

»Geht klar! Wann?«

Wir überlegen kurz und schlagen Freitag in zwei Wochen

vor. Die Damen bestätigen nach einigen Minuten. Jerrys Laune hellt sich auf. Aha? Jerry?

»Zeig ma das Bild noch mal«, sagt er.

Ich halte ihm mein Handy hin und er ist wie gebannt. Soso. Und dann erzählt er von seinem Heimweg mit Dori. Na, nun wird es ja spannend. Anscheinend wusste das noch nicht mal Ben, der nun auch ganz wach zu schauen versucht.

Also, wenn ich es richtig verstanden habe, waren Jerry und Dori nach dem Abschied von Ben an der Haltestelle noch ewig durch die Stadt gelaufen. Weil sie die Nacht so mag und die Luft so toll war. Sie muss fast genauso betrunken gewesen sein wie Mona. Jerry nuschelte nach vier Bier auch schon ein wenig und alles sprudelte ein bisschen wirr aus ihm heraus. Aber jedenfalls hatte sie sich den ganzen Weg bei ihm festgehalten und untergehakt. Und ihm irgendwie ihr Leben erzählt. Von den ganzen Idioten, die sie dauernd traf. Von Helden, deren Ritterrüstung so schnell bröckelte, und auf einmal waren sie Couch-Potatos oder Mamasöhnchen, oder verheiratet, oder auf ihre finanzielle Unterstützung aus.

In ihrem Zustand und ihrer grenzenlosen Dankbarkeit für das offene Ohr und den Spaziergang hatte sie den armen Jerry zum Abschied um den Verstand geküsst. Und ihn dann stehen gelassen, ohne ihre Nummer, ohne irgendwas.

Ach du je! Na das kann ja was werden! Wir bestellen Schnaps. Und beraten darüber, ob Dori wohl auch nichts mehr von dem Abend weiß wie Mona? Oder ob sie sich erinnern wird? Und was macht Jerry dann? Ungefähr fünfmal fragt er noch, ob er das Bild noch mal ansehen darf. Ich schicke es ihm letztendlich. Ich versuche, mich zu erinnern, ob Mona was erzählt hat, über Dori. Mir fällt nichts ein. Also, nichts über Beziehungsstatus oder den Abend.

Spannend. Der Jerry … Ich grinse. Da muss der doch genauso durch den Wind gewesen sein in der Zeit wie ich. Er ist nicht so ein Filou wie Ben, und was Frauen angeht, eher so wie ich. Nur es klappt öfter mal was bei ihm. Er hat sowas verständnisvoll Fürsorgliches. Das mögen die Mädchen. Aber dann suchen sie nachher doch wieder das Abenteuer. Oder sind ihm zu flügge. Ob er wohl einer für Dori sein kann? Die sich anscheinend immer Blender aussucht? Ein Blender ist er nun wahrlich nicht.

Ich frage Jerry, ob ich Mona davon erzählen darf.

»Bissu bescheuert! Natülich nich!!«

»Okay, okay! Ich sag nüscht!«

Wird mir schwerfallen, aber ich möchte natürlich nicht vorgreifen und bin echt gespannt, ob sich Dori erinnern wird.

Ben hält sich raus und schreibt am Handy. Wir zahlen und machen uns auf den Weg. Ben biegt irgendwo ab und hat anscheinend noch was vor. Was auch immer er nach dem Abend noch zustande bringen will, aber wer weiß. Vielleicht braucht auch ein Ben mal einfach nur warme, weiche Haut.

Man muss ja nicht immer Sex haben. Vielleicht. Schön ist es aber schon. Meine Gedanken wandern zu Mona, und ihrer unglaublichen Art, mich zu verschlingen. Manchmal ist sie gieriger als ich. Habe ich so noch nie erlebt bei einer Frau. So viele hatte ich nun auch nicht, aber da musst du dich normal eher abmühen, dass sie irgendwann sowas wie Lust haben.

Jerry ist auch still geworden. Ich frag ihn, ob er sich freut auf den Abend. »Klar«, sagt er. »Ihr seid ja da, und wenn sie ne doofe Kuh ist, sind wir zu dritt und die zu zweit. Das kriegen wir geklärt. Aber die ist keine doofe Kuh. Die is auch nur n Mädchen.«

13.

Wannabe
Spice Girls

Ich sitze bei Dori in der Küche und trinke Wein. Dori hat eine Wohnküche, also, richtig gemütlich wirklich. Es gibt nicht nur einen kleinen Esstisch, es gibt auch ein Sofa. Da sitze ich oft, wenn sie sich ausgehfertig macht, wie heute, oder noch schnell was kocht.

Vor zwei Tagen hatte mich Tobi angerufen, der aus dem Auslandspraktikum zurück ist. Eigentlich wollte ich überhaupt nicht rangehen. Hab's dann aber doch noch gemacht. Er redete viel und sagte wenig, und irgendwie habe ich dann versucht, das Gespräch abzuwürgen. Hat er wohl gemerkt, und dann etwas unsicher gefragt, ob wir uns sehen können, am Freitag.

»Nein, können wir nicht. Da gehe ich ja schon mit Dori aus.« Und den Jungs, aber das habe ich nicht dazu gesagt.

»Dann am Samstag?« Ich fing an zu schwitzen.

»Tobi, ich … du kannst doch nicht einfach nach drei Monaten Funkstille denken, alles ist wie immer! Du hast dich fast nie gemeldet!«

»Hast du wen kennengelernt?«, fragt Tobi.

»Ehrlich gesagt, ja.«

»Oh Mann. Echt? Und das sagst du mir jetzt so, hinterher?«

»Mann Tobi! Ich hatte ja nicht mal mehr das Gefühl, es würde dich interessieren!«

Da hat er dann aufgelegt.

Mit sowas kann ich ja überhaupt nicht umgehen. Wenn man so eine Situation nicht fertig geklärt hat. Nein, ich will ihn nicht zurück, und ich wünsche mir, dass es mit Alex weiter geht. Trotzdem macht's mich irre.

Dori versteht es und versteht es nicht. Also, sie versteht schon, dass ich wie immer everybody's darling sein will und es nicht sein kann, dass dieser Tobi jetzt sauer oder frustriert oder enttäuscht wegen mir ist.

Aber sie versteht nicht, dass ich mir die Stimmung vermiesen lasse. Er hat das nicht verdient.

»Wenn er dich halten will, Liebes, dann tut er das. Dann fragt er, wie es dir geht und ob du an ihn denkst – weil er das möchte.«

Sie gießt mir Wein nach. Ich hab schon etwas einen sitzen und schaue sie schief an. Was sollen die Jungs nachher denken? Dori liest meine Gedanken, wie sie das fast immer tut. Dann grinst sie frech und nimmt sich auch noch ein Glas. Na das kann ja was werden.

Endlich hat sie sich auch für ein Outfit entschieden. Einen knallengen Jeans-Jumpsuit mit wahnsinnig tiefem Ausschnitt. Den verziert sie dann mit einem Spitzen-Bustier. Ich bin ein bisschen verwirrt, denn es lagen auch Blümchenrock und Jeans mit Sneakern parat. Also irgendwie hätte es alles werden können. Aber nun halt sexy. So richtig.

Ich selbst, na ja, ja doch, ich hab mich auch ein bisschen in Schale geschmissen. Ich bin ein bisschen aufgeregt, weil ich Ben und Jerry überhaupt noch nicht kenne. Und da wollte ich mich schön und stark fühlen. Mit dem ganzen Wein ist stark jetzt relativ geworden. Aber schön genug fühl ich mich immer noch.

Wir ziehen endlich los. Von Dori ist es ein Stück weiter zum Club, und wir nehmen den Bus. Ich bin aufgeregt, Alex zu treffen. Das fühlt sich gerade ein bisschen Teeniemäßig an, schon wieder. Zum Tanzen gehen und dort den Liebsten treffen.

Wir finden die Jungs an der Bar und sie sind auch schon gut fröhlich. Ich gebe Alex einen dicken Kuss und begrüße dann zuerst Ben – der irgendwie aus den 60ern gesprungen scheint mit Jeans und Lederjacke, engem Shirt und einer Gel-Locke. Irgendwie passt es ja zu ihm, aber in den Club passt es nur so halb. Dann ist da noch Jerry. Der hat normale, kurze Haare und einen Dreitagebart und fällt kleidungsmäßig nicht weiter auf. Beide begrüßen mich nett. Ich stelle ihnen Dori vor, und auch sie wird herzlich begrüßt. Als sie vor Jerry steht, nimmt er ihre Hand und beugt sich zum Handkuss darüber. »Mylady!«, sagt er. Ich muss lachen, aber Dori wirkt, als wäre das das Normalste der Welt. Okay?? Ich schaue zu Alex, und er hebt nur die Hände und macht ein »Keine-Ahnung«-Gesicht.

»Was trinkt ihr, Ladys?«, fragt Ben und bestellt uns zwei Gin Tonic.

Ich stehe bei Alex und mag, wie seine Hand besitzergreifend auf meiner Hüfte ruht. Die Jungs albern ziemlich rum und machen Sprüche – über Leute, über die Musik. Sie scheinen vorher im Kino gewesen zu sein und stellen fest, dass Dori aussieht wie die eine Hauptrolle im Film. Jerry fragt, ob er ein Autogramm kriegt, oder wenigstens ein Selfie mit ihr. Sie machen lachend ein paar Selfies und ich glaube, Dori ist auch schon ganz schön bimmelig von dem Wein zu Haus und dem Gin Tonic eben.

»Lass uns mal tanzen gehen!«, sage ich und ziehe sie mit mir.

»Bye, Baby!«, sagt sie zu Jerry.

»Sag mal, Dori, was hast du denn mit Jerry vor?«, frage ich, sichtlich verwirrt.

»Ach, Süße, den kenn ich schon bisschen besser, weißt du. Ich hatte es nur irgendwie wieder vergessen. Und als er eben da stand und mich so begrüßt hat, fiel es mir alles wieder ein! Wir sind ewig durch die Stadt gelaufen letztes Mal. Und haben geredet, geredet, geredet. Wie son Gratis-Therapeut, irgendwie!«

»Aha. Geredet. Aber da läuft doch mehr – oder?«

»Vielleicht, irgendwann?«

Nach zwei Songs kamen die Jungs zum Tanzen dazu. Sie machten alle drei eine gute Figur, sogar der erst deplatziert wirkende Ben. Jerry baggerte weiter an Dori herum, der das aber anscheinend gut gefiel. Alex tanzte mit mir, und das war richtig sexy. So heiß hab ich noch mit keinem getanzt. Wow …

Und Ben, dem machte das alles gar nichts aus, denn es waren überall bildhübsche Mädels, und er brauchte sich quasi nur eine auszusuchen, so sah es aus.

Wieder an der Bar hab ich für Dori und mich Wasser bestellt. Dori ging erst mal zur Getränkerückgabe, und ich war mit Jerry und Alex allein.

»Ihr kennt euch also schon?«, fragte ich Jerry.

»Ja, hat sie das nicht erzählt?«

»Nee, eben erst, als ich gefragt habe.«

»Ah ja. Nee wir haben echt schon viel gequatscht, damals. Und ich hab mich auch gefreut, dass wir uns wiedersehen heute.«

»Ist ja interessant, alles.« Ich hebe die Augenbraue. »Wehe, du verarschst sie!«

Alex lacht los. »Der Jerry, ne Frau verarschen? Das kann der gar nicht!«

»Na dann ist ja gut.«

Dori kommt vom Klo zurück und schaut in die Runde. »Alles gut? Hab ich was verpasst?«

»Öhm, nee ja alles gut«, sage ich und knutsche sie auf die Wange.

14.

Like a Friend
Pulp

Äh, hi. Tobi hier. Nicht wundern, ich bin ja noch neu. Dachte, ich erzähl euch auch mal was. Damit ihr quasi mal beide Seiten der Story habt. Also, falls Melina euch auch was erzählt. Ich weiß es nicht. Grad weiß ich gar nichts mehr. Sie war grad hier und ist seit fünf Minuten raus. Aber ich fange mal von vorne an.

Ich kann nicht mal behaupten, wir wären ein Paar gewesen, irgendwie hatten wir was. Aber sehr unkompliziert und locker. Wenn sie Lust hatte, kam sie vorbei. Das war manchmal alle drei Wochen nur, und manchmal sogar mehrmals in der Woche. Wir haben uns gut verstanden, also, im Bett. Und sonst keine großen Fragen gestellt.

Als ich ihr erzählt habe, dass ich für drei Monate nach Mexiko gehe, fand sie das nicht so gut, und ich hab mich gefragt, ob es an mir oder dem dann ausfallenden Gelegenheitsverkehr lag. So richtig wusste sie es vielleicht selber nicht. Wir haben das nicht wirklich besprochen, und ohne großes Drama bin ich dann halt abgereist.

Jetzt komm ich wieder, will sie sehen, und merke, dass sie rumrudert. Ob sie wen kennengelernt hat, hab ich dann gefragt. Ja, hat sie. Aha. Na, wie gesagt, wir hatten ja irgendwie keine Beziehung. Nur so ne Bettgeschichte eben. Hm, nun war ich trotzdem gefrustet. Hat sie jetzt mit einem anderen eine Bettgeschichte? Oder mehr? Man weiß es nicht.

So weit, so gut, aber dann passierte plötzlich heute Folgendes:

Mitten am Sonntag ne Nachricht von ihr, ob ich da bin. Wir hatten keinen Kontakt, seitdem sie mir von dem anderen erzählt hat. Ich gebe zu, ich hab damals einfach aufgelegt. Nicht so cool, aber besser, als sie runterzumachen, wonach mir auch gewesen wäre, oder?

Wie auch immer, nun fragte sie, ob ich da sei. Einfach so, wie in alten Zeiten – oder wie?? Ich antwortete: »Ja, warum?« und sie schrieb: »Bis gleich.«

Ähm … what???

Okay … dann habe ich maximal zehn Minuten. Schnell bisschen aufgeräumt, Zähne geputzt, man weiß ja nie. Was will sie denn?

Exakt zwölf Minuten später klingelt sie. Ich öffne. Sie kommt rein, nimmt sich ganz selbstverständlich ein Glas aus dem Schrank, gießt sich Rotwein ein. Sie zeigt auf meine Staffelei.

»Du hast mich immer noch nicht gemalt.«

Meine Alarmglocken überlegen kurz, ob jetzt Zeit wäre, sich zu melden. Meine Körpermitte auch. Ich verabschiede mich von meinem Gehirn. Ja, ich habe das ziemlich oft zu ihr gesagt. Wie schön sie sei, und dass ich sie malen möchte. Und nie war sie lange genug da.

Während ich noch schnappatme, zieht sie sich aus. Ich stelle die Staffelei zum Schlafzimmer, blättere ein neues Bild auf, und hole schwarze Kreide. Und bunte. Sie sitzt anmutig auf der Bettkante, als würde sie jeden Tag jemandem Modell sitzen. Langsam öffnet sie die Spange in ihren Haaren, die dann weich über ihre Schultern fließen.

Mein Puls ist auf Hochtouren. Ich habe ihren Umriss gezeichnet, ihre übereinander liegenden Beine, die Hand mit dem Weinglas auf der Bettkante, ihre perfekten Brüste, teils von den langen Haaren verdeckt. Ihr Gesicht gelingt mir auch fast gut, sie sitzt wie eine Diva und weiß ganz genau, dass ich sie immer noch will. Hundert pro weiß sie das. Ich blättere um. Sie hat sich auf den Bauch gelegt, ich zeichne ihren Rücken, den Po, die Beine lässig spielend in der Luft, das Weinglas, eine Hand stützt den Wangenknochen, dahinter der Wasserfall ihrer Haare … Hab ich. Blättere um. Sie schaut auf meine Wanduhr. Es ist nachmittags, um vier. Sie steht auf und setzt sich in mein Fensterbrett. Nackt. Die Beine angewinkelt, den Rücken gerade. Ich sehe nur ihre Silhouette gegen das Licht, der Wein leuchtet rot. Perfekt. Meine Hände fliegen über das Papier, meine Wangen glühen. Ob ihr egal ist, dass die Nachbarn schauen können? Offensichtlich ist ihr heute alles egal. Ich schwitze.

Nach fünf Bildern zieht sie sich wortlos an, das Weinglas

ist leer, sie schaut noch einmal über die Schulter auf meine Staffelei und geht wortlos.

Alter!!!!

Was war das???

Ich blättere die Bilder durch und bin einigermaßen zufrieden mit meiner Arbeit. Hauptsächlich sehe ich sie aber an, um mir zu beweisen, dass das gerade tatsächlich passiert ist. Verstört gieße ich Wein in ihr Glas und trinke einen großen Schluck. Glaubt man sowas? Was hat sie sich gedacht?

Ist das die Retourkutsche für mein Auflegen mitten im Gespräch? Oder nur eine verrückte Idee von ihr?

Ich hab keinen Plan. Kalt duschen. Genau. Ich muss kalt duschen.

CD 2

1.

Against All Odds
Phil Collins

Leute, ich weiß schon, warum ich mir solche Geschichten vom Hals halte. Es geht ja doch nie gut. Und diesmal sah es so gut aus. Okay, sieht es ja erst mal immer.

Oder?

Ich bin an die Spree gefahren und schaue aufs Wasser. Es ist ein grauer Tag, nicht nur in meinem Kopf, und das Wasser wälzt sich kräftig durch die Stadt. Passt zu meinen Gedanken. Ich brauche das Wasser, um mich zu beruhigen. Schwimmen, zum Abschalten, oder auf das Wasser schauen, um Gedanken zu sortieren.

Melina war da, heute. Und wir haben einen Tee getrunken und wenig geredet. Sie war eher still. Nachdem ich dreimal gefragt habe, ob wirklich nichts los ist, fing sie an zu reden. Dass sie sich nicht sicher sei, mit uns. Dass sie Zeit braucht, um herauszufinden, was sie möchte. Es ist ihr zu schnell gegangen, und zu eng. Der Klassiker. Ich mag dich ja, du bist richtig toll, aber …

Wir sind dann so verblieben, dass sie nach zwei Wochen

vielleicht mal eine Meldung schickt. Wie es ihr geht und ob sie klarer sieht. Aber machen wir uns nichts vor. Sie wollte nur nicht knallhart sein. Sie ist raus.

War das absehbar? War ich nur zu verblendet? Ich weiß es nicht. Vielleicht kann man manche Dinge so deuten. Sie hatte anscheinend Verlustängste, das habe ich rausgehört. Vielleicht kann sie niemanden an sich ranlassen, weil er sie sonst verlassen und verletzen könnte? Sowas gibt es häufiger, als man denkt. Und sie hat ja recht. Es ging alles so schnell. Und irgendwie verkehrt. Wir waren uns nah und mussten uns dann kennenlernen. Aber es war immer so unbeschwert. Der Sex war ein Traum. Die Spaziergänge, die Küsse. Da war nichts fraglich. Wir waren zusammen und es hat gepasst.

Und nun das!

Haben wir zu wenig geredet? Hatte sie manchmal andere Ansichten als ich? Eigentlich ja nicht. Also, nicht in essenziellen Fragen. Dass man mal ein Lied nicht mag, das der andere schön findet ... Geschenkt. Aber keine großartig gegensätzlichen Einstellungen. Wir haben nicht so wenig geredet, finde ich. Wir kennen uns inzwischen tatsächlich recht gut.
Wahrscheinlich wirklich Bindungsangst. Ich hoffe ein ganz kleines bisschen, dass es das ist. Dann gäbe es ja noch eine Chance. Vielleicht merkt sie ja, dass es gepasst hat mit uns. Vielleicht vermisst sie mich nach ein paar Tagen.

Oh Mann. Was mache ich nur?! Zwei Wochen!! Und ich kann ihr nicht schreiben, sie nicht sehen. Und merke danach vielleicht, dass ich sie tatsächlich verloren habe. Was würde der Kinoheld tun? Zwei Wochen durchhalten, weil es ihr Wunsch ist? Oder nicht, und um sie kämpfen? Ich bin kein Held. Noch nie gewesen. Ob ich Jerry fragen soll, vielleicht hat er noch Kontakt zu Dori, und weiß irgendwas?

Wie armselig man sich fühlen kann, wenn man verliebt ist. Ich sag's ja, Finger weg, alles Teufelszeug. Und lohnt sich am Ende doch nicht.

Obwohl … ich möchte die Zeit mit ihr ja auch nicht missen. Aber ich wollte doch nicht, dass es jetzt schon endet! Eigentlich wollte ich, dass es niemals endet.

Meine Mutter sagt immer, wenn es sein soll, wird es auch geschehen. Die Liebe findet immer einen Weg. Wie kommen die Leute auf solche Aussagen? Tatsächlich aus Lebenserfahrungen heraus? Oder nur so daher gesagt? Um Hoffnung zu verbreiten?

Ich starre auf die Spree. Eine Ente schwimmt im wilden Strom, und ich denke mir, dass ich das wohl auch machen sollte. Dem Strom des Lebens vertrauen, mich ihm anvertrauen. Hoffen. Irgendwo komme ich schon an. Einsam, vielleicht, wie diese Ente da. Vielleicht warten auch irgendwo andere Enten. Vielleicht bekommt sie bald Gesellschaft unterwegs. Oder sie hat gerade ihre bessere Hälfte verlassen. Und ist eher eine Melina-Ente.

Das bringt doch nichts. Meine Gedanken drehen sich im Kreis. Ich überlege, ob ich ihre Nummer aus dem Handy lösche. Damit ich ihr nicht vor Ablauf ihrer Frist etwas schreibe. Aber was, wenn ich sie erreichen muss? Ich werde ihre Nummer notieren und weglegen. Und auf dem Handy dann löschen. Das wäre sicherlich gut. Und dann wird sie mir ja schreiben, nach zwei Wochen. Oder? Wird sie?

Ich raffe mich auf und gehe zu meinem Fahrrad. Leichter Regen setzt ein. Der hat mir nun gerade noch gefehlt. Aber irgendwie passt es ja zum Tag.

2.

Erase/Rewind
The Cardigans

Ich bin auf der Arbeit und habe mit Dori zusammen Schicht. Eigentlich sollte mir das guttun, aber heute geh ich ihr aus dem Weg. Ich sortiere Erdsäcke, Übertöpfe, alles, was irgendwie sonst zwei zusammen machen, oder ein kräftiger Mann. Keine Ahnung, woher dieser Frust kommt, dieser Energieschub, aber irgendwas muss ich da loswerden.

Dori versteht, wortlos. So ist sie eben. Ich kann jetzt nicht mit ihr über Alex reden, oder über Tobi, oder Männer überhaupt, Enttäuschungen, Ängste, über mein wirres Knäul an Gedanken im Kopf. Muss ich selbst erst sortieren.

Fakt ist, ich fühle mich nicht wohl, mit Alex. Auf einmal, plötzlich, nicht mehr. Und mir ist klar, dass er mir keinen Anlass dazu gegeben hat. Und dass die Gründe dazu bei mir liegen. Dori wird sagen, ich soll nicht das Blut der Wunden, die mir andere verpasst haben, auf ihn tropfen lassen.

Aber mal im Ernst: Wie denn, wie kann man das komplett außen vor lassen? Es hat einen doch beeinflusst, verändert, wenn jemand einem wehgetan hat. Man lernt doch Dinge daraus. Schützt sich mehr, hat ein Stück Menschenkenntnis gelernt. Oder nicht?

Okay, aber bestrafen darf ich ihn nicht, dafür, dass andere sich wie Idioten benommen haben. Das stimmt. Aber bestrafe ich ihn, wenn ich um Zeit bitte? Wäre es nicht verlogen zu bleiben?

Ich möchte nicht in einer Beziehung sein. Ich möchte keine Zahnbürste bei jemandem im Spiegelschrank haben. Und dass es unnormal ist, sich einen Tag mal nicht zu sehen. Und dass jetzt auch noch Dori mit seinem Freund was anfängt, macht es nicht besser.

»Mel?!«, ruft Dori. Ich schaue sie fragend an und sie zeigt auf meine Stapel Erdsäcke. Und zieht eine Augenbraue hoch.

Oh Mann. Ich habe viel zu viel von der Hortensien-Erde rübergebracht, und kann jetzt die Hälfte wieder zurückfahren. Ich bin so in meine Gedanken vertieft, dass ich meine Arbeit vollautomatisch abspule.

»Soll ich helfen?«, fragt Dori.

»Nee. Lass mich mal. Aber sag gern Stopp, wenn ich genug weggebracht hab …!« Wir lachen. Tut gut.

Trotzig packe ich die Säcke wieder zurück auf die Palette. Ja, so geht es manchmal, da denkt man, man ist vorne mit dabei, erste Reihe, alles wird schön, da wird man wieder aussortiert. So muss sich Alex jetzt grad fühlen. Und alles nur, weil ich zu verpeilt bin. Weil ich zu dicke Mauern um mein Herz hab. Vielleicht besser so für ihn. Er sollte eine Frau haben, die das richtig genießen kann, wie er ist.

Zwei Tage sind vergangen, von den zwei Wochen, um die ich Alex gebeten habe. Die Zeit rennt und schleicht gleichermaßen. Manchmal denke ich, aus Gewohnheit an ihn schreiben zu wollen. Und manchmal fürchte ich, dass der Tag naht, an dem die zwei Wochen um sind und ich irgendwas entschieden haben muss. Muss ich? Es wäre schon irgendwie fair ihm gegenüber, oder? Ich habe ja noch fast die ganzen zwei Wochen. Und da merke ich ja vielleicht noch, ob richtig echte Sehnsucht aufkommt. Und ob das Sehnsucht nach Sex ist oder nach ihm, nach seiner Person.

Sex könnte ich wahrscheinlich auch mit Tobi haben. Der schien zumindest nicht unbewegt, als ich seine künstlerischen Träume schnell noch wahr werden lassen musste. Auch so eine Aktion von mir. Macht es mir etwas schwer, mir in die Augen zu schauen, im Spiegel. Je nach Laune jedenfalls. Manchmal lache ich drüber, dass ich das eiskalt so durchgezogen habe. Aber wenn ich überlege, ob Alex das so cool finden würde, bin ich klar bei »Nein«. Und dann frage ich mich, was Tobi mit den Bildern machen wird, ob er sie verkauft, und wenn ja an wen? Sollte ich ihm eins abkaufen? Darüber muss ich nachdenken …

»Mel!!!«

Schon wieder scheint Dori unzufrieden mit meiner Arbeit zu sein. Aber diesmal rechtzeitig. Ich fahre Augen rollend die Palette weg. Dori schüttelt den Kopf.

»Komm, Schnegge, es ist gut für heute. Lass uns was trinken gehen, ja?«

»Davon werde ich auch nicht konzentrierter.«

»Musst du nach Feierabend auch nicht, und vielleicht

kriegen wir dich ja entweder zerstreut oder sortiert. Je nachdem, wonach dir ist.«

»Ich will ein Eis. Und dann schaukeln!«

»Okay … auch das kriegen wir hin.«

3.

Take You Dancing
Jason Derulo

Heyho, hier ist mal Dori, nicht erschrecken. Ja, die ewig verständnisvolle, die treue Seele und all das. Bin ich ja auch. Wirklich. Aber man macht sich ja trotzdem so seine Gedanken. Als Freundin hat man ja auch ein bisschen eine Verantwortung, wenn jemand sich verläuft. Oder? Eigentlich schätzt Melina das auch an mir, dass ich sie manchmal in eine richtigere Richtung stupse.

Jetzt gerade bin ich aber selbst nicht so sicher, was richtig wäre. Ich schätze, wir müssen uns alle einen Moment zurücklehnen, abwarten, reinfühlen …

Deswegen hab ich Mel einen Mädelsabend vorgeschlagen. Zum Glück hat sie ja gesagt. Wir gehen tanzen, nicht dahin, wo wir die Jungs treffen könnten, sondern mal woanders hin. Vielleicht bringt sie das auf andere Gedanken, und vielleicht auf hilfreiche.

Sie hat sich einfach zu schnell zu nah mit dem Alex eingelassen. Das geht doch selten gut. Aber ich mag ihn ja irgendwie. Er tut ihr gut, und das weiß sie auch. Melina ist aber ne Nummer für sich. Total komplex und verwirrend.

Man kann auch sagen launisch. Oder unsicher. Oder hart zu knacken. All das, wahrscheinlich. Der Typ, der sich in sie verliebt, ist ein armer Tropf. Die meisten machen das nicht lange mit. Oder halten Abstand, so wie Tobi. Damit kann sie sich arrangieren.

Aber was will ich ihr erzählen? Ich mache es ja selber nicht besser. Wenn mich einer nicht will, bin ich eingeschnappt, und wenn mich einer zu sehr will, hau ich ab. Bis zum Innern kommen die wenigsten durch. Ist auch besser so. Habt ihr mal Männer richtig kennengelernt? Also, denen zugehört? Was es da für seltsame Exemplare gibt? Ich hab irgendwann genug gehabt. Nicht mehr nachgefragt, nichts mehr hören wollen. Abenteuer reichen ja auch. Oder eben selige Ruhe.

Wir machen uns schön fürs Ausgehen, heute bei Mel. Ich hab ein schlichtes, schwarzes Kleid an. Eng, mit Ausschnitt, der Klassiker. Mel macht mir die Haare, sie kann das richtig gut. Sie macht eine halbe Stunde Strähne für Strähne irgendwas Kompliziertes, und nachher sieht es trotzdem total natürlich aus. Ich kann das gar nicht. Und ihre eigenen Haare lässt sie komischerweise meistens offen.

Wir reden über nichts Besonderes. Also, nichts Konkretes – wir vermeiden das Thema Alex, oder Sören. Wir lenken uns ja ab. Ich frage sie, ob sie jemanden kennenlernen möchte heute.

»Um Himmels willen! Nee, lass mal! Ich habe genug Durcheinander grad. Muss ich erst mal sortieren.«

Ich muss grinsen. Grad an solchen Abenden, gerade wenn man gar nichts will, da umkreisen sie einen ja, wie die Motten das Licht. Mel schminkt sich, und die Männer müssten blind und blöd zugleich sein, sie zu übersehen. Ich frage mich im Stillen, was ihre Schönheit ausmacht. Klar, die Honigmähne, die macht was her. Und dann? Keine Modelfigur, etwas weiblicher. Aber einen sanften Hüftschwung dabei, der deutlich macht, dass jedes Gramm gewollt und richtig ist. Braune Augen, die immer ein lustiges Funkeln oder einen melancholischen Glanz haben. Dazwischen gibt es nichts. Sie ist einfach, ohne es zu wissen, ein kleines Juwel. Bodenständig, gar nicht abgehoben, viel zu unsicher. Aber sie spielt die starke Diva, manchmal sogar überzeugend. Und wenn dann einer kommt, der ihr das abgenommen hat, gerät sie ins Schwimmen.

Endlich im Club checken wir erst mal mit zwei Gläsern Sekt die Lage. Das ist ein kleines Ritual bei uns. Ein Glas Sekt, und in Ruhe den Laden studieren. Die Pärchen-Ecke, da rechts, und die Junggesellen-Bande am anderen Ende des Tresens. Tanzwütige Ladys, die den Platz auf der Tanzfläche genießen, und gut gesehen werden wollen. Der Junggesellen-Abend ging anscheinend schon länger; die Herren sabbern beim Anblick der Ladys. Einer wagt sich zu ihnen und macht sich ziemlich zum Horst, Der DJ ist noch nicht ganz in Form, vermasselt die Übergänge, trinkt Energydrinks. Eine der Tanzmäuse klebt dauernd an ihm.

Ich quatsche mit Melina über verschiedene Clubs, die wir kennen, und merke, sie ist mit den Gedanken woanders. Ständig schaut sie irritiert Richtung Tür. Die Augen mal hell und freudig und dann wieder dunkel und trüb.

»Vermisst du ihn?«, frage ich knapp.

Das schiefe Schmollgrinsen reicht als Antwort. Ich schnappe sie und zieh sie zur Tanzfläche. Nicht unsere Musik, aber egal. Wir tanzen sie uns schön. Der Junggesellenabend ist auch schon komplett am Tanzen und nun verwirrt von so vielen Damen. Wir machen uns einen Spaß daraus, die verpeilten und doch recht betrunkenen Jungs anzutanzen. Alle sieben, durcheinander. Egal. Wir kichern und die Jungs haben ihren Spaß.

Nach dem Tanzen stehen Mel und ich in der Raucher-Ecke. Zum Luftholen. Klingt komisch, ist aber so. Da kommt der Bräutigam mit zwei anderen Jungs raus. Sie stellen sich zu uns und fragen, ob wir einem scheidenden Junggesellen was mit auf den Weg geben können. Bestimmt aufgrund unseres hohen Alters, aber trotz ihres Pegels sind sie taktvoll genug, das nicht hinzuzufügen.

»Vergiss nie, dass du der Held deiner Frau bist, ihr Ritter, ihr Hafen, ihr Halt. Egal, was kommt, seid füreinander da!«, höre ich mich sagen.

Mel schaut mich schief an und grinst. Ich ziehe eine Augenbraue hoch und sage: »Und du?«

»Bring ihr Blumen mit, oder Kuchen, oder was sie mag. Einfach so, immer kleine Gesten, dass du an sie denkst. Wird sie lieben, ist so wichtig!«

Der Bräutigam hat ein bemaltes Shirt an und fragt nach unseren Unterschriften. Bestürzt stellen wir fest, dass viele Unterzeichner es sinnvoll fanden, männliche Genitalien dazu zu malen. Warum eigentlich nur männliche? Also wirklich! Melina ist die Künstlerin und versteht sofort. Neben unsere Namen malt sie eine wundervolle Vagina.

Die beiden Begleiter lachen sich kaputt. Ja hallo? So ein bisschen Gleichberechtigung – nein ganz viel Gleichberechtigung! – ist so wichtig für eine Ehe!

Wir tanzen noch eine Weile und genießen den Solo-Abend. Auf dem Heimweg hakt sich Melina unter und fragt mich, ob Sören was über Alex erzählt hat. Ob er weiß, wie es ihm geht.

»Nein, Kleines. Niemand weiß, was Alex gerade treibt. Er ist abgetaucht.«

4.

Missing You

Tyler Hilton

Die Zeit kriecht, die Tage ziehen sich wie der verdammte Käse am Pizzastück, der Arm zu kurz, die Gabel bald im Auge des Nachbarn, und immer noch … KÄSE.

Genau. Käse. Gelinde gesagt. Wir schreiben Tag 11 von 14. Und ich bin so stumpf, dass ich mich selbst nicht mehr leiden kann. Die ersten drei Tage war ich jeden Tag schwimmen. Habe wie ein Verrückter das Becken durchpflügt. Egal wie viele Bahnen, ich habe nicht gezählt. Erst, bis der Kopf Ruhe gibt, und dann, bis die Beine schwer werden. Oder die Lunge schmerzt. Oder beides. Nach dem Schwimmen ewig unter der Dusche, durch den Regen nach Hause radeln. Als ob ich mich betäuben müsste. Nein. Musste ich nicht. War ich ja schon.

Mein Handy hatte einen Ehrenplatz bekommen, im Schrank im Flur, hinter den Mützen und Schals. Ich konnte es nicht mehr ertragen, dass ich dauernd darauf schaue. Meine Laune wechselte so zwischen Selbstmitleid, Wut, Rastlosigkeit und Sehnsucht. Alles schwer zu ertragen. Auf

Gesellschaft jeglicher Art hatte ich auch keinen Bock. Ich war ja schon für mich selbst eine Zumutung. Wie muss es erst für andere sein?

An die folgenden Tage erinnere ich mich nicht groß. Ich bin zur Arbeit gefahren, habe die Tage hinter mich gebracht. Irgendwelchen Müll im Fernsehen laufen lassen, geschlafen. Vegetiert. Hat mich jetzt aber auch nicht weitergebracht. Wenn ich mich selbst nicht mehr leiden kann, wie soll sie das dann können? Egal wie, noch drei Tage, bis vielleicht eine Meldung kommt. Vielleicht ja auch nicht. Fakt ist, ich ertrag mich so nicht mehr. Ich muss meinen Arsch hochkriegen. Ich mach laut Musik an und sammel meine Klamotten in der Wohnung zusammen, schmeiße sie in die Waschmaschine. Fenster auf, scheiß auf die laute Musik. Es ist ja erst 19:00 Uhr.

Nachdem die Wohnung wieder halbwegs manierlich aussieht, krame ich das Handy aus dem Schrank. Keine Meldung von ihr, na das war ja klar. Paar Meldungen von den Jungs, zwei Anrufe von Jerry. Mir egal. Eine Meldung von Klara. Aha? Was will die denn jetzt? Das ist ja ewig her. Wie es mir geht, sie wäre in der Stadt. Wann hat sie das denn geschrieben? Oh, schon vor zwei Tagen. Und nun? Ablenkung? Will ich ne andere treffen? Bin ja solo, eigentlich, oder? Grad ist mir alles ein bisschen egal; ich will drüber weg sein. Und Klara war ja ziemlich süß. Sie hat mich damals verlassen, um in Wien zu studieren. Ich antworte ihr: »Sorry, ich hatte viel zu tun. Bist du immer noch in Berlin, oder schon wieder abgereist?«

Und schon fühle ich mich wie ein Verräter. So ein Quatsch, oder? Wirst von einer sitzen gelassen, und fühlst dich trotzdem wie ein Betrüger, wenn du ne andere treffen würdest. Hoffentlich ist sie schon wieder abgereist. Dann ist es geklärt. Klara … Die wusste immer, was sie will. Und was sie nicht will. Glaube ich. Aber was weiß ich schon, wie Frauen ticken. Sie brauchte immerhin nie Bedenkzeit. Hat Fakten geschaffen. Und weg war sie. Was ist nun besser? Zappeln und hoffen lassen, oder ein klarer Schnitt?

»Bin noch bis übermorgen da. Wollen wir uns morgen Nachmittag oder Abend treffen? Hast du Lust und Zeit?«

Mist. War so klar. Und da wandern meine Gedanken zu Melina, die mich mit einer anderen sieht. Würde das was ändern? Und wenn ja, zum Guten, oder zum Schlechten? Spielchen. Nicht mein Ding. Aber hey, sie wollte zwei Wochen Zeit. Wie ich diese verdammten zwei Wochen überlebe, war ihr ja egal. Und Klara ist ja nur eine Bekannte. Was mach ich mich verrückt?

»Ich melde mich morgen Mittag, was geht. Irgendwann nach Feierabend, irgendwo in Mitte?«

»Ja, klingt gut, freu mich!«

Ich überlege, ob ich mich rasieren soll. Hatte meine Bartstoppeln seit Melinas Paukenschlag ignoriert und sehe etwas wild aus. Aber eigentlich möcht ich das durchziehen. Bis sie sich meldet. Hab ich eben nen Bart. Klara wird es nicht so schlimm finden.

Anscheinend haben meine Beine beschlossen, wir laufen mal ziellos durch die Wohnung. Als ich die dritte Runde am Kühlschrank vorbeikomme, angle ich mir ein Bier raus. Mache es zischend auf und komme am Fenster zum Stehen. Das Handy fühlt sich in meiner Hand schon

wieder an wie immer. Und meine Hand tippt sich ziel-
sicher zu den Fotos von Melina und mir. Krieg ich nicht
übers Herz, die zu löschen. Selfie von uns beiden, im Park
auf der Wiese liegend. Oder ein Foto von ihr gegen die
Abendsonne, mit goldenen Haaren und geschlossenen
Augen, lächelnd. Mein Herz zieht sich zusammen. Verdammt. Ich hätte das Handy einfach da im Schrank lassen sollen. Erwähnte ich, dass dieses Gefühlszeug nichts
für mich ist? Aus Gründen! Ich schalte das Telefon aus.
Ach ja, die Wäsche war ja fertig. Dankbar, was zu tun
zu haben, stell ich die leere Bierflasche ab und gehe zur
Waschmaschine.

5.

Need You Now
Lady Antebellum

Freitagabend, und ich hocke daheim. Dori trifft Sören. Im Fernsehen nur Werbung und dazwischen Müll. Ich mach Musik an und nehme mir eine Flasche Rotwein. Heute ist irgendwie ein Tag, der nach Rotwein verlangt. Ich spüre das. Heute sollte ich mein Herz befragen, was nun werden soll. Auf einer alten Kuschelrock-CD jammert Meat Loaf, dass er alles für Liebe tun würde, nur nicht DAS. Was denn eigentlich? Und was genau hält mich davon ab, mit Alex glücklich zu sein? Vielleicht habe ich zu wenig Gespür dafür, was ich möchte, und was mir guttut. Und was eben nicht.

Aber wer hat das denn schon? Also, meistens lebt man so vor sich hin, gute Tage und schlechte Tage, und geht dem gar nicht so sehr auf den Grund. Warum das jetzt gut oder schlecht war. Ich zumindest bin so.

Ich zünde eine Kerze an und schaue ins Feuer. Das habe ich schon immer geliebt. Eine Flamme zu beobachten. Immer in Bewegung, mal sanft schwingend, mal hektisch zuckend. Wie Musik. Oder wie Liebe machen?

Meine Flamme steht fast still und ich puste sanft hinein, damit sie sich etwas wiegen kann. Schon beruhigt sie sich wieder. Es ist Stillstand. Als wollte sie sagen, wir machen doch Pause. Wir haben gerade Bedenkzeit, weißt du noch? Da hält man still.

Meine Gedanken wollen aber nicht still sein. Sie wandern zu den Kerzen, im Schlafzimmer von Alex, bei unserer ersten Nacht. Also, der ersten richtig erlebten Nacht. Ich habe noch lange in die Kerzen geschaut, in seinem Arm, danach. Viel zu aufgewühlt und beflügelt, nach diesem schönen Abend. Wir haben uns geliebt, dann zwischendurch vor Hunger den Kühlschrank geplündert, mit einem Glas Wein wieder ins Schlafzimmer gesetzt, auf den Boden, ans Bett gelehnt, und aus dem großen Fenster auf das nächtliche Berlin geschaut. Am Wein genippt, Küsse gestohlen, Hände sanft gehalten, gestreichelt, und uns dann direkt auf dem Boden noch mal geliebt. Es war so leicht, so selbstverständlich zwischen uns. Warum mache ich es nur so kompliziert jetzt? Nur wegen dieser verdammten Zahnbürste?

Ich schiele zu meinem Handy. Eigentlich sind noch zwei Tage Zeit, bis ich mich entschieden haben wollte. Aber es ist ja meine Frist, und wenn ich eher eine Antwort hätte, könnte ich das doch auch eher sagen. Oder? Wäre ich denn sicherer, in zwei Tagen? Gerade vermisse ich ihn unendlich. Seine Nähe, seinen süßen, verliebten Blick. Ihn anfassen zu dürfen. Könnte ich überhaupt einen anderen Mann anfassen, so attraktiv finden wie ihn, jetzt wo ich ihn kenne? Ich denke an Tobi, und stelle fest, dass er mich überhaupt nicht mehr reizt. Als ich bei ihm war, war ich auch ein bisschen erleichtert, dass ich gehen konnte, ohne dass er sich hat zu etwas hinreißen lassen. Ich hätte ihn wohl abweisen müssen, und dann wären wir ein eine noch seltsamere Situation geraten.

Ich nehme mein Handy und schreibe Tobi eine Nachricht. »Was hast du eigentlich mit den Bildern vor? Kann ich dir eins davon abkaufen?«

Tobi antwortet, und sendet mir ein Foto von einer Garagenwand, an der die Bilder aufgereiht sind. Er nutzt eine alte Garage als Galerie, das hat er mir mal erzählt. Fünf Bilder von mir, ohne Kleidung, mit Weinglas. Er schreibt: »Ich habe noch keine Ahnung, finde sie aber gelungen. Welches willst du denn haben, und was zahlst du? Dann denke ich drüber nach.«

Ich überlege. Wenn ich so ein Bild hätte, würde es Fragen aufwerfen, woher das kommt. Möchte ich das? Andererseits, wer hat denn solche Bilder von sich? Das ist doch mal was richtig Cooles. Wenn ich 50 bin, wäre ich dankbar, oder? Ein Bild von meinem jetzt noch jungen Körper zu haben. Von einem Typen gemalt, der heiß auf mich war.

»Kannst du mir das in der Mitte mal einzeln fotografieren bitte?«

Das Bild kommt prompt. Entweder er sitzt in der Garage, oder er hat die Bilder auf dem Handy, und schon vor einiger Zeit gemacht. Wahrscheinlich letzteres. Wer sitzt denn Freitagabend in der Garage …? Ich betrachte das Gemälde. Da liege ich auf dem Bauch, die Beine nach oben angewinkelt, die Augen ins Weinglas gesenkt. Man sieht die Rundungen vom Po und den Busen auch nur ansatzweise, also dezent, aber erotisch. Die Farben sind blass gehalten, einzig der Rotwein ist sehr tiefrot. Und meine Haare warm braun.

»Ich würde es für 60 Euro kaufen. Wäre das ein guter Preis?«

Stille.

Ich schaue das Bild an. Was würde Alex dazu sagen? Am liebsten würde ich es ihm schicken. Jetzt. Mein drittes Glas Wein ist fast leer und sicherlich der beste Berater auf der Welt. Was sagt denn die Flamme dazu? Ach, schau an, nun ist sie aufgeregt. Ich auch. Allein der Gedanke, ich könnte ihm jetzt schreiben, lässt mein Herz hüpfen. Ob er antworten würde? Ob er mich vermisst und an mich denkt? Oder vielleicht ist er sauer, dass ich ihn so lange zappeln lasse? Und vielleicht etwas so Schönes kaputt mache? Ich könnte es auch verstehen.

»Dir gebe ich es für 50 Euro«, schreibt Tobi. »Du hast mir zu diesen genialen Bildern verholfen, und ich bin dir echt dankbar. Es war eine krass verrückte Aktion, aber du hattest recht – es war genau das, was ich wollte. Wenn ich die anderen verkaufen könnte (ich weiß nicht, ob ich es möchte), hätte ich denn dein Okay?«

»Ja, hättest du. Sie sind echt schön geworden. Und vielleicht helfen sie dir ja, bekannt zu werden. Würd mich freuen für dich.«

Ich wähle das Bild aus und leite es an Alex weiter. Text dazu: »Ich weiß, die 14 Tage sind nicht um. Ich vermisse dich und wünsche mir deine Arme, deine Küsse, deine Haut, hierher. Ich weiß, das ist nur ein Teil von uns, aber ein sehr, sehr schöner. Und den Rest vermisse ich auch. Wollen wir uns bald wiedersehen?«

Lange zögere ich. Senden? Flamme sagt aufgeregt: Ja! Weinglas sagt, diese innere Leere, tu doch was! Musik sagt »Your Love is My Love«. Ich betrachte das mal als Ja. Okay. Augen zu. Senden. Kopf unter einem Kissen vergraben. Und warten.

6.

Bitter Sweet Symphony
The Verve

Ein komischer grauer Tag beginnt vor meinem Fenster. Als ob es sich noch entscheiden müsste, ob es für Regen reicht, oder Nebel erst einmal ausreichen würde. Ich denke darüber nach, ob das angemessen ist, für den großen »Tag 14«. Entscheide mich für ja. Es ist wahrscheinlich gar kein großer Tag. Ein Tag, an dem ich mich wieder einer Hoffnung oder Erwartungshaltung hingeben könnte, die aber sehr wahrscheinlich ins Leere läuft. Machen wir uns nichts vor.

Um nicht den ganzen Tag auf das verdammte Handy zu starren, lasse ich es bis mittags noch im Schrank. Da liegt es doch gut. Ich dusche lange, und fahre Schwimmen. Im Becken die ersten Herbstblätter. Kleben sich in mein Gesicht und bringen mich aus dem Takt. Ich brauche eine Weile, um in meinen Flow zu kommen, und meine Gedanken kreisen lange um Melina. Wie sie wohl die zwei Wochen verbracht hat. Wie es ihr geht und ob ich ihr schreiben würde, wenn sie sich heute nicht meldet. Wäre es lässig, noch ein, zwei Tage damit zu warten? Oder wirkt das desinteressiert? Spielchen. Nicht mein Ding, wie gesagt. Sowas kann ja auch gut mal nach hinten losgehen.

Ich denke daran, was Klara mir gesagt hat. »Schau, dass du selbst zufrieden bist im Leben. Wenn sie dabei sein will, meldet sie sich schon.« Klingt sinnvoll. Unabhängig. War ich vorher, will ich wieder sein. Meine Schwimmzüge werden trotziger. Was, wenn ich einfach mein Leben genieße? Egal, ob sie sich zwei Wochen, zwei Monate oder zwei Jahre nicht melden will? Das Tempo, mit dem ich jetzt schwimme, halte ich nicht lange durch. Die letzte Bahn ist ein Endspurt, und ich komme völlig fertig an. Meine Muskeln zittern leicht. Ich genieße das, wenn mein Körper mir zeigt, dass ich an seine Grenzen gegangen bin. Die Dusche wärmt mich kribbelnd auf. Gerade fühle ich mich, als könnte ich alles schaffen. Auch, das Handy einzuschalten, ohne dass es dann etwas zu melden hat.

Schwungvoll komme ich nach Hause, nehme mir ne Flasche Wasser und das Handy, und setz mich aufs Sofa. Na gut. Ich schalte es an. Mehrere Meldungen purzeln rein. Und, siehe da, auch von Melina. Ich klicke auf ihren Chat. Da steht sechsmal »Diese Nachricht wurde gelöscht.« Zweimal gestern, viermal vorgestern. Oha. Und dann nichts weiter. Wer ahnt denn sowas? Dass sie ihre eigene Funkstille bricht?

Verdammt. Ich starre die Wand an. Ich meine, passt ja wieder zu ihr. Dieser Wankelmut. Schreibt was, und dann nimmt sie es lieber zurück. Bedenkzeit war vielleicht gut, wenn sie immer noch nicht weiß, was sie will. Aber was mache ich jetzt damit? Ich frage einfach mal ganz unschuldig:

»Hey, bin wieder online. Waren unsere zwei Wochen Stille denn schon um?«

Sie liest es fast sofort. Schreibt …

»Ein Glück, dir geht es gut! Ich habe mir schon Sorgen gemacht! Wo warst du denn?«

»Alles wie immer, nur das Handy war aus.«

»Wegen mir …?«

»Na weswegen denn sonst …?«

Längere Pause. Was hat sie denn gedacht? Ich mache mir ne Pizza und schaue aus dem Fenster. Das Grau ist geblieben, hat sich aber weiterhin gegen Regen entschieden. Trotzdem ein trister Eindruck.

Als die Pizza im Ofen ist, schaue ich wieder auf mein Handy. Sie fragt mich, was ich heute mache, und ob wir uns sehen können.

»Gegenfrage: Was wolltest du mir denn schreiben, und warum plötzlich nicht mehr?«

Dauert ein bisschen, bis sie antwortet.

»Ich hatte dir ein Bild geschickt. Und dass ich Sehnsucht habe. Und dass ich zu viel getrunken hatte und am nächsten Morgen war es mir alles peinlich, und am übernächsten war es mir peinlich, dass es mir peinlich war. Oder so. Wenn die Nachrichten nicht mal ankommen, ist es irgendwie dann auch nicht mehr aktuell. Fand ich.«

»Also keine Sehnsucht mehr, ohne getrunken zu haben?«

»Das hab ich so nicht sagen wollen. Ach Mensch, Alex. Ich habe mir voll Sorgen gemacht. Dori hat gesagt, niemand wüsste, was du machst und wie es dir geht. Das hat mich irregemacht. Und du hast mir gefehlt.«

»Mach dir mal keine Sorgen um mich. Ich komm schon klar. Ich hatte vor lauter Arbeit kaum Zeit zum Nachdenken, und meine Ex war in der Stadt.«

Oh Mann, warum habe ich das denn jetzt geschrieben? Ähm. Na ja, sie war in der Stadt, ist ja keine Lüge. Stille bei Melina. Sollte ich das relativieren? Obwohl, soll sie doch denken, was sie will. Wer weiß, mit wem sie sich so getroffen hat.

Ich hole die Pizza aus dem Ofen. Dabei überlege ich, was ich eigentlich gerade möchte. Also, wo das Gespräch hingeht. Will ich zu ihr, heute Nachmittag? Gerade empfinde ich das alles als wahnsinnig nervigen Eiertanz. Ist so was normal? Muss man da immer durch, an der Schwelle vom Spielen zum Ernsthaften? Ich habe jedenfalls keine Lust, dass wir wieder was anfangen und dass sie dann wieder den Rückzieher macht, wenn es ihr zu nah wird.

Nach dem Essen schaue ich mal wieder auf das Telefon.

»Welche Ex denn? Und jetzt ist sie wieder weg?«

»Egal, also, möchtest du vorbeikommen? Dann könnten wir reden, statt zu schreiben.«

»Ich muss mir mal Mittagessen besorgen. Meld dich.«

Hm. Tja. Ich würde sagen, sie möchte mich wirklich gern wiedersehen, seit zwei Tagen. Das ist ja schon mal was. Und genau genommen ist es das, was ich die ganze Zeit wollte. Dass sie sich meldet, und ich sie wiederhabe. Ich wünschte, ich würde mich immer noch so unverwundbar fühlen, wie vorhin nach dem Schwimmen.

Und dann fällt mir Klara wieder ein. Die ja gesagt hat,

wenn Melina Teil meines Lebens sein möchte, dann sagt sie das schon. Und das hat sie ja. Also, alles gut. Oder? Warum habe ich die Handbremse noch nicht gelöst?

»Okay, komme nachher noch rum. 16 Uhr?«

7.

Titanium
David Guetta

Ach, Tagebuch … Ich bin so eine doofe Nuss. Mein Kopf ist ein wirrer Klumpen Wolle, lauter bunte Fäden, verknotet, verheddert, alles durcheinander. Ich muss mich sortieren. Wo fange ich an?

Am besten von vorne, hm? Die zwei Wochen waren um, endlich, und ich war krank vor Sorge. Keine Regung im Handy, bei Alex' Chat. Nie online. Meine Nachrichten vom Freitag hatte ich gelöscht, aber er müsste ja trotzdem eine Meldung haben darüber. Könnte er ja mal nachfragen, was da los war. Aber nichts. Stille, offline. Tagelang. Und dazu Doris Antwort am vorigen Wochenende, keiner wüsste, was mit ihm ist. Abgetaucht. Zweimal bin ich an seinem Haus vorbeigelaufen, und hab gedacht, ich könnte ihm ja zufällig begegnen. Nichts.

Und nun war endlich Sonntag, und mitten am Tag, irgendwann gegen eins kam endlich eine Nachricht zurück. Die Meldung erwischte mich beim Starren auf das Handy. Das hätte sie die letzten zwei Tage wohl fast unweigerlich immer gemacht.

Alles in Ordnung, er klang total normal. Nach ein wenig Hin und Her hab ich gefragt, ob wir nicht lieber richtig reden wollen. Schon wieder Stille und nicht gelesen. Wie soll ich das denn aushalten? Ich renne durch die Wohnung und räume planlos Dinge auf. Suche meine Herbstschuhe und meinen Parka aus der Bettkiste. Als ich fast am Verhungern bin vor lauter verpeilter Anspannung, antwortet er endlich, dass er später vorbeikommen kann.

Er hat seine Ex erwähnt, die in der Stadt war. Muss ich mir Gedanken machen? Er hat nie eine Ex speziell erwähnt. Ich habe keine Ahnung, was für eine Frau und was für eine Geschichte das ist. Aber andererseits, was geht es mich auch an? Jeder hat ja eine Vergangenheit, oder? Wurmt mich trotzdem. Rennt er gleich zu der, wenn es mit mir kriselt? Aber sie war ja in der Stadt. Und nicht er zu ihr gefahren.

Ich versuche, mich mit starken Gedanken zu wappnen. Ich wollte Bedenkzeit und bin mir nun einigermaßen sicher, dass ich es weiter versuchen möchte mit ihm. Und er hatte ja keine Zweifel vor der Pause. Oder? Hatte er? Also, nicht dass ich wüsste. Hm. Also ist doch da kein Platz für eine Ex.

Er hatte sich zu um vier angekündigt. Ganz untypisch kam er zehn Minuten später. Half mir natürlich nicht unbedingt beim ruhiger werden. Hab zum Zeit totschlagen an Dori geschrieben.

»Alex kommt gleich rum …«

»Ach! Alles wieder gut?«

»Mal sehen. Jedenfalls ist ihm nichts passiert. Ich schau mal, wie wir uns verstehen.«

»Was willst du denn, wie es weitergeht?«

»Dass alles gut wird. Dass wir es versuchen. Und er nicht sauer ist …«

»Verstehe. Na ich drück dir die Daumen. Berichte dann mal!«

Er klingelt und es kribbelt. Herzklopfen. Und dann ist er da, mein Käptn Blaubernd. Mit seinem unverschämt schönen Oberkörper unter dem unverschämt engen Shirt.

Nein, reden wollen wir.

Machen wir dann auch. Ich frage ihn über seine zwei Wochen aus, was er so im Untergrund getrieben hat. Aber da kommt nicht so viel. Um die Ex versuche ich, einen Bogen zu machen. Irgendwann platzt es aber doch raus, und ich frage ihn, wer sie ist, und woher, und wie lange sie bei ihm war.

»Klara lebt in Wien. Sie hat mich damals verlassen, um dort zu studieren. Ist paar Jahre her. Sie war jetzt vier Tage da.«

»Und habt ihr euch immer noch gut verstanden?«, frage ich ungewohnt kleinlaut.

»Ja, immer noch super«, sagte er. Ah ja, das kann ja nun auch alles heißen. Will ich das wissen? Ja. Nein. Ach, ich weiß doch auch nicht!!!

Ich streiche gedankenverloren mit den Fingerspitzen über seine Brust. Als ich merke, was ich mache, schaut er mich schon mit seinen blauen Augen an. Streicht mir eine Strähne hinters Ohr, und lässt seine Hand an meinem Nacken liegen.

»Du hast mir gefehlt …«, sagt er leise. Und dann küssen wir uns, ganz süß, ganz zart. Und der Kuss wird wärmer, wir sind wieder in unserem Element. Er hebt mich hoch, trägt mich zum Schlafzimmer. Und bleibt stehen wie versteinert, direkt in der Tür.

»Was ist das denn?«

Ich folge seinem Blick. Ach klar, das Bild. Kennt er ja noch nicht. Er setzt sich auf die Bettkante, schaut das Bild nicht mehr an. »Erzähl mir darüber«, sagt er nur.

»Ich habe einen Bekannten, der Bilder malt. Und er wollte mich immer malen, und es hat aber nie geklappt. Irgendwann halt doch. Ich habe ihm eins der Bilder abgekauft.«

»Eins der Bilder? Wie viele gibt es denn noch? Und warum durfte der dich nackt sehen? Wann sind die entstanden?«

»Das sind jetzt aber viele Fragen. Also, es gibt fünf Bilder. Er hatte mich eh schon mal nackt gesehen; wir hatten mal was miteinander. Und was war es noch? Ach, wann die entstanden sind. Ich glaube, das ist so drei Wochen her, vielleicht.«

Alex sitzt wie ein Denkmal. Keine Regung. Ich würde seine Gedanken gern lesen. Oder lieber nicht?

»Du hattest was mit ihm und lässt dich dann nackt malen, während du mit mir zusammen bist, ja?«

»Ja …«

»Und was habt ihr nach dem Malen noch so getrieben?«

»Alex … Danach bin ich gegangen. Da lief absolut nichts!«

»Du räkelst dich nackt auf seinem Bett, so lange, dass er fünf Bilder malen kann. Und du willst mir sagen, ihm war das egal, dich so zu sehen?«

»Das weiß ich nicht, wie egal es ihm war.«

»Ach so. Ja klar, ich will gar nicht wissen, wie die anderen Bilder aussehen. Wer hatte die Idee? Hat er dich gefragt, ob du hinkommst? Dich für ihn ausziehst, nur für die Kunst?«

»Nein. Er war lange nicht in Berlin und jetzt wieder da, und das stand noch aus. Das wollte er immer machen. Also habe ich es ihm ermöglicht.«

»Interessant, was du so für Ideen hast. Hat er sich bestimmt gefreut. Hat er sich einen runtergeholt beim Malen?«

»Alex!!« Ich frage mich, ob mir die Tränen aus Scham, Wut, Trauer oder Entrüstung in die Augen steigen.

Mit einem Ruck steht er auf und geht, ohne sich noch mal umzudrehen. Ich hocke im Schlafzimmer und kann es nicht fassen. Dass wir das jetzt so vermasselt haben. Dass ich es so vermasselt habe. Ich hätte einfach lügen sollen. Das Bild ist schon ganz alt. Oder hat eine Frau gemalt. Oder ein schwuler Künstler vielleicht. Ich bin so ein Schaf.

Ja, die Aktion war verrückt. Und ein bisschen kann ich ihn schon verstehen. Ich hab ja auch manchmal so Kopfkino.

Was mach ich denn jetzt??? Erst mal sacken lassen bei ihm? Aufgefangen krieg ich das nicht mehr. Gut, dass er die anderen Bilder nicht kennt. Da sieht man ja tatsächlich noch ein bisschen mehr. Verdammt. Wie krieg ich das auf die Reihe?

8.

Cry Me a River
Justin Timberlake

Frauen! Ich hab die Schnauze voll. Mal wieder. Entweder man macht es wie Ben, und hat an jedem Finger eine. Oder man lässt es ganz. Ich bin für ganz lassen. Keinen Bock auf diese Achterbahnfahrten. Da denkst du, eine ist irgendwie richtig. Zwar ein bisschen kompliziert, aber schon machbar. Und dann geht sie los zu ihrem Ex. Zieht sich aus. Nur für die Kunst, ja nee, is klar. Verarschen kann ich mich allein.

Ich schaue auf ein Straßenschild. Bin schon fast in Kreuzberg. Ich stapfe durch den kalten, ungemütlichen Abend und wünsche mir, ich würde die Touri-Gruppen wie ein Rudel Billardkugeln auseinanderstöben. In gewisser Weise tu ich das sogar. Ich halte drauf und sie weichen aus.

Ich stelle mir vor, wie die anderen vier Bilder von ihr geworden sind. Es macht mich irre. Ich meine, das ist nicht wie, mal zu einem Fotografen gehen, paar erotische Bilder machen lassen professionell. Das ist der Ex. Und stundenlang Modell sitzen, liegen, räkeln, sich anfassen ... Mein

Kopfkino überschlägt sich. Wie kann er sie nicht gewollt haben? Wie soll die Stimmung nicht aufgeladen gewesen sein? Glaubt doch kein Mensch, dass da nichts gelaufen ist. Ein Weinglas hatte sie auch auf dem Bild. Also noch hemmungsloser. Aaarrrgggh!

Also ist es nun richtig aus. Ist ja auch was, womit man umgehen kann. Ich hab es zwar nicht ausgesprochen. Aber das hat sie ja sicher gemerkt. Okay. Ein Problem weniger. Weil: eine Frau weniger. Ist doch so! Was sollte die Aktion überhaupt? Bestellt mich zu sich, sagt sie vermisst mich, will reden und mich sehen. Und dann hat sie dieses Bild da. Und wie die mich vermisst haben muss.

Soll sich mal nichts einbilden. So sehr häng ich nun auch nicht an ihr. Nachher fliegt als Erstes die dämliche Zahnbürste raus. Irgendwie bin ich an der Spree gelandet und setze mich auf eine Bank. Die Lichter spiegeln sich im Wasser, bizarr verschwommen im Wellengang. So geht es mir grad, denke ich. Ich reflektiere nur Müll. Keine klaren Bilder. Weil der Sturm sich erst legen muss. Vielleicht. Aber ob mir die Bilder zusagen, die in der Klarheit dann entstehen?

Kann ich irgendwie bitte aufhören zu denken? Ginge das mal? Ich atme. Das hat Klara mir mal beigebracht. Also nicht atmen, sondern sich zu beruhigen, durchs Atmen. Das war so, dass du einfach langsam atmen musst, und immer beim Ausatmen zählst du eins weiter. Ich zähle. Atmen … eins … atmen … zwei … schiebe die Gedanken weg … Bei vier bin ich schon raus. Fange wieder vorne an. Wenn ich auf einen Punkt auf dem anderen Ufer fokussiere vielleicht. Ich komme wieder nur bis sechs. Aber immerhin. Eigentlich soll man bis zehn zählen. Und dann wieder bei eins anfangen. Ich komm eigentlich nie bis zehn. Klara kann richtig meditieren. Meditieren ist auch nur, mit deiner Seele abzuhängen, sagt sie. Kling so einfach. Wenn man vielleicht ein ausgeglichener Mensch ist.

Ich halte mich ja nicht für sehr kompliziert. Aber meine Gedanken zu sortieren, kostet manchmal einige Anstrengung. Noch mal von vorne. Atmen ... eins ... atmen ... zwei ... atmen ...

Immerhin bin ich weniger fahrig. Vielleicht habe ich meinen Puls ein Stück runterfahren können. Ist ja auch was. Die Gedanken kreisen weiter um dieses Bild. Und seine Entstehung.

Wie blöd kann man denn sein? Zu denken, so eine Lady für sich zu haben. Klar kann sie hundert andere haben, und ich frage mich, was der eigentliche Grund für die Funkstille war. Wollte sie was mit dem Ex anfangen? Und warum kam sie dann nun zurück? Nee, ernsthaft, keinen Bock auf das Hin und Her. Soll sie machen, ich bin raus.

Ich nehme mein Handy und, wie erwartet, hat es fünf Nachrichten von Melina. Ich klicke widerwillig drauf.

»Mensch, Alex! Was denkst du denn von mir? Das ist nur ein Bild, und da ist nichts gelaufen!«

»Warum sollte ich es dir denn sonst erzählen und nicht verheimlichen?«

»Ach Mann, ich habe mich so gefreut, dass du da warst. Ich hab dich wirklich vermisst. Warum ist denn dieses Bild jetzt so schlimm für dich?«

»Stellst du jetzt wieder dein Handy ewig aus?«

»Alex ...«

Ich steck das Handy zurück in die Jackentasche. Vielleicht fällt es ihr ja noch irgendwann ein, wo der Fehler ist. Bestimmt nicht bei mir. Und ist jetzt auch nicht mehr mein Problem. Und ich mach mir Gedanken, weil ich mit Klara aus war. Und sie mit mir geflirtet hat und gesagt, sie hat nie wieder jemanden gefunden wie mich. Tat mir zwar voll gut, das zu hören. Aber ich hätte überhaupt nicht drauf eingehen können. Herz belegt, und kein Platz für Flirts. Klara hat das dann eingesehen. Und mir ja sogar noch Ratschläge gegeben. Hätte ich geahnt, wie es mit Melina wird, hätte ich die Versuche nicht abgewehrt, so viel ist mal klar. Sie hatte zugegeben, dass sie auf eine heiße Nacht gehofft hatte. Und ich habe nur bitter gelächelt. Nein, danke.

Aber, auch wieder gut so. Keine Frauengeschichten mehr. Auch keine Klara in Wien, wozu denn? Für die schnelle Nummer, der alten Zeiten wegen? So wie Melina, mit dem Ex, beim Malen. Ob er auch Bodypainting gemacht hat? Wie nah saß er beim Malen?

Es macht mich einfach wahnsinnig. Ich laufe stumpf zurück durch die Stadt, die Lichter verschwimmen, auch ohne den Fluss. Als ich daheim ankomme, sitzt sie vor der Haustür. Verheulte Augen. Auch das noch. Ich will nicht reden.

Aber in der Kälte ... Das kann nicht gesund sein.

Na gut, auf einen Tee.

9.

How to Save a Life
The Fray

Was hab ich getan? So hab ich Alex noch nie gesehen. Als er endlich vor seiner Haustür ankam, starrten seine Augen finster zu mir, und dann wieder an mir vorbei. Seine Gedanken müssen furchtbar sein. Und er hasst mich. Er ist fertig mit mir.

Anscheinend aber nicht fertig genug, um sich nicht der Kälte bewusst zu sein, in der ich offenbar eine Weile gewartet haben muss. Ehrlich gesagt sitze ich seit 40 Minuten hier. Wenigstens bekam ich den Nieselregen nicht ab. Alex sieht aus, als wäre er aus dem Fluss gestiegen. Seine Haare triefen nass ins Gesicht. Er macht die Tür auf und lässt mich wortlos rein. Oben stellt er den Wasserkocher an und geht sich umziehen. Ich gieße Tee auf, stelle ihn auf sein Teelicht, stelle Gläser dazu. Es geht mir so automatisch von der Hand, als wäre unser Alltag zusammen nie unterbrochen gewesen. Kurz kann ich ausblenden, wie kalt sein Blick eben war.

Was soll ich ihm nur sagen? Er glaubt ja eh anscheinend, was er glauben möchte. Und ich kann ihm nichts anderes beweisen. Oh Mann. Wie kommen wir da jetzt wieder raus?

Alex kommt mit frischen Sachen aus dem Schlafzimmer und setzt sich. Neben mich, auf die Couch, sodass wir uns nicht anschauen müssen, wie ich vermute. Er stützt das Kinn auf die Fäuste. Stiert wieder grimmig vor sich hin. Ich gieße uns Tee ein und drehe mich zu ihm. Wie fang ich nur an? Ich darf hier sein, und er würde mir zuhören, wahrscheinlich. Dafür muss ich dankbar sein. Das weiß ich.

Dankbar halte ich mich an der wärmenden Tasse fest. Ich war echt ein bisschen eingefroren da unten vor der Tür. Wenig originell und wahrscheinlich auch ein bisschen platt sage ich erst mal nur: »Es tut mir leid.«

»Was tut dir leid?«, fragt er zurück.

»Dass ich etwas getan habe, was dir offenbar sehr zu schaffen macht, was dir wehgetan hat, dich jetzt so wütend macht.«

»Fällt dir reichlich spät ein.«

»Ich hab nicht darüber nachgedacht, wie es für dich aussehen würde. Für mich war ja klar, dass da nichts ist, und dass es nichts bedeutet. Dass es von außen nicht klar ist, daran habe ich nicht gedacht.«

»Das soll ich dir glauben, ja? Dass du da ganz unschuldig und ohne jegliche Hintergedanken hin bist. Und er auch keine hatte. Glaubst du echt, damit kommst du durch?«

Er schaut mich immer noch nicht an.

»Ach, Alex … Es tut mir wirklich leid. Ich wünschte, ich hätte es nicht gemacht. Aber ich hab es dir dann immerhin erzählt, wie es war. Keine Notlügen, keine Ausflüchte.

Weil eben nichts dabei war für mich. Deswegen hab ich es einfach erzählt.«

»Na schönen Dank auch.«

Wir schweigen uns an und trinken Tee. Mir ist immer noch kalt und ich ziehe vorsichtig an der Decke, die zwischen uns liegt. Er reagiert nicht, und ich kuschel mich hinein, hoffend, dass es ihn nicht zu sehr stört.

»Mir ist was klar geworden, in den zwei Wochen«, sage ich. »Nämlich, dass du mir guttust. Das klingt für dich vielleicht banal. Ist es für mich aber nicht. Ich hatte ziemlich oft Beziehungen, in denen ich mich benutzt fühlte. Nicht ganz wahrgenommen. Nur was fürs Bett, hauptsächlich. Und bei uns ist es total anders. Wir lernen uns richtig kennen, erzählen miteinander. Dir ist es nicht egal, wie mein Tag war. Du merkst, ob ich Lust habe zu reden oder zu kuscheln oder auszugehen. Das meine ich, was mir guttut. Und dann hatte ich mich entschieden, dass ich es hinkriegen möchte mit dir. Trotz meiner Angst, mich an jemanden zu binden. Und dann passiert das …«

»Ja, genau. Da kommt ein Mann des Weges, der dir mal guttut, und du gehst zum Ex und ziehst dich aus. Logisch.«

»Das eine hat mit dem anderen nichts zu tun, aber das wirst du mir wohl einfach nicht glauben. Es war auf eine Art die Einlösung eines Versprechens. Dass er mich malen darf. Wir hatten nie Zeit dafür, und dann war er Monate weg, und in dieser Zeit habe ich dich kennengelernt.«

»Wann und warum ist die Beziehung zu Ende gegangen?«

»Als er vor drei, vier Wochen zurückkam, und sich gemeldet hat, ob wir uns sehen, da habe ich es beendet, weil ich ja nun mit dir zusammen war.«

»Wird ja immer besser. Du warst also nicht mal single, als wir uns kennengelernt haben?«

»Keine Ahnung. Für mich war es eine Bettgeschichte, keine Beziehung. Und wir haben wochenlang keinen Kontakt gehabt. Ich habe mich nicht gefühlt wie in einer Beziehung. Ich glaube, er auch nicht.«

»Also noch mal langsam. Du hast Schluss gemacht und danach bist du zu ihm hin wegen der Bilder?«

»Ja ...«, sage ich mit gesenktem Kopf. »Es war eine Kurzschlussreaktion. An einem Tag, wo mir alles zu eng wurde mit uns und ich mich frei fühlen musste.«

»Und jetzt stellst du dir vor, ich nehme das alles so hin, und alles wird wieder wie vorher? Wie oft hast du so Kurzschlussreaktionen? Und dass dir alles zu eng wird? Kannst du dir vorstellen, wie wenig Lust ich auf sowas habe? Klar kannst du machen, was du willst. Aber nicht mit mir. Ich steh nicht auf Achterbahn.«

Ich bin ratlos, traurig und müde. Mein Tee ist leer. Sein Blick, der nicht ein einziges Mal in meine Richtung ging, auch. Heute werde ich hier wohl nichts mehr an der Lage ändern können. Ich lege seine Decke wieder zusammen und stehe auf. »Danke für den Tee. Ich geh dann mal nach Hause.«

Keine Reaktion. Das habe ich wohl gründlich vermasselt. Auf der Treppe nach unten schnürt sich mir wieder die Kehle zu. Wahrscheinlich gehe ich die Treppe das letzte

Mal. Und es sah doch so gut aus, vorhin, bevor er das Bild gesehen hatte. Er war da, er wollte sogar mit mir ins Bett. Und sicher auch ansonsten neu anfangen. Verdammter riesengroßer Mistmist.

10.

Tell Him

Vonda Shepard

Yo, Sören hier, hallo zusammen! Männer, habt ihr euch auch schon immer mal gefragt, wie es bei »Mädels-Krisentreffen« so abgeht? So halb ist es ja wie an einem Autounfall vorbeifahren. Neugierig ist man schon, aber man ahnt, man will's nicht wissen.

Nun, dankt mir später, ich berichte, quasi fast live aus erster Hand. Dori hat mich mitgeschleift, quasi als Insider, weil ich Alex ja kenne. Und »nur ich noch helfen kann« …

Also, »wir Mädels« waren in diesem Fall nur Dori, Melina und ich. Zum Glück. So ein Haufen aufgeregter Meerschweine hätte mich auch etwas mehr abgeschreckt. Dennoch, hallo Klischee, gibt es Alkohol. Na gut, das hätten wir Männer auch gemacht. Für die angemessene Dramatik muss es etwas Hochprozentiges sein. Man entscheidet sich für Martini. Okay. Ich darf bei Bier bleiben.

Als hätte mir Dori nicht schon alles haarklein erzählt, werd ich jetzt noch mal offiziell ins Geschehen eingeweiht. Wie in den Serien. »Was bisher geschah.« Ich lasse es über mich ergehen und hebe an den richtigen Stellen die Augenbraue und runzel die Stirn. Nach der Einleitung gießen die Damen sich Martini nach und holen Salzstangen. Ich starre auf die Lavalampe, bei der sich das erste Wachselement zu lösen andeutet. Was wird hier eigentlich erwartet von mir? Nur ich kann noch helfen. Klingt dringend.

»Darf ich denn das Bild des Anstoßes einmal kurz sehen?«, frage ich. Dori zuckt es am Mundwinkel. Muss sie durch. Ist ja anscheinend das Hauptproblem in dem Fall. Melina nickt und geht mit uns ins Schlafzimmer. Sie hat das Bild umgedreht an die Wand gestellt und holt es nun hervor.

Okay, ich finde es schön, muss ich gestehen, und man kann ansatzweise erkennen, dass es Melina darstellt. Es hat nichts Vulgäres, ein bisschen sinnlich, ein bisschen verspielt verführerisch kommt es rüber. Natürlich sehe ich es nicht mit den Augen eines eifersüchtigen Mannes an. Für Alex mag es ganz anders sein, das anzuschauen.

Ich räuspere mich. »Jo. Schönes Bild eigentlich.«

»Das ist alles? Mehr fällt dir dazu nicht ein?«, fragt Melina.

»Na ja, erst mal objektiv nicht. Es sieht gut aus. Für mich ist nichts dabei, zumal es nicht allzu viel offenlegt, wenn ihr versteht, wie ich meine. Aber für Alex spielen da ganz andere Gedanken mit rein, das kann ich mir schon vorstellen.«

Dori zieht mich ins Wohnzimmer zurück, Melina verstaut das Bild wieder. Ich überlege, was nun helfen soll. Die Lavalampe läuft flüssiger und ich wünschte, meine Gedanken würden es ihr nachtun.

»Bist du dir denn jetzt überhaupt sicher, nach der Auszeit, dass du mit ihm zusammen bleiben willst? Also, ich kann nicht so einschätzen, wie stabil das von deiner Seite aus so ist, und vielleicht würd ich ja einem guten Freund von so viel Chaos auch abraten?«, sage ich und gehe in Deckung.

Sie nimmt es mit Fassung, und zuckt die Schultern. »Ja, ich will es versuchen. Er hat mir ziemlich gefehlt nach den zwei Wochen, und ich hab das Gefühl, dass er einer der wenigen Menschen sein könnte, die ich ertragen kann auf Dauer. Die ich dabei haben will in meinem Leben, und nicht nur das. Mit ihm bin ich ausgeglichener, sagt auch Dori.« Sie schaut zu ihr rüber. Dori hat eine Hand auf meinem Knie und mit der anderen streicht sie über Melinas Hand. Ich muss mich konzentrieren. Nehme eine Salzstange und versuche, intellektuell zu wirken, während ich sie langsam knuspere. Das Kopfkino ist bei Gemälden ohne Kleidung. Dori würde da auch eine gute Figur machen. Ob ich sie fotografieren dürfte? Da habe ich sogar ein bisschen ein Händchen für.

»Also, letztendlich willst du, dass er sich für dich entscheidet und dir ne Chance gibt, neu anzufangen oder so?«

Melina nickt und schaut nach unten. »Soll ich mit ihm und dem Typen, der die Bilder gemalt hat, zusammen reden? Soll ich die Bilder kaufen, vernichten, irgendwas? Das würde es ja aber nicht ungeschehen machen …«

»Stimmt, nee, das passt alles nicht. Du musst ihn dahin kriegen, dass er dir glaubt, dass du ihn richtig gern hast, dass du nicht vorhast, ihn noch mal zu verletzen, dass da nichts war mit dem anderen, und auf jeden Fall, dass er dich … na ja … trotzdem mehr will als alles andere. HA!«

»HA? Was denn? Hast du ne Idee?«

»Jepp, ich ruf mal Ben an.«

Die Mädels gucken sich an, gucken mich an, da klingelt es schon bei Ben. Ich stelle auf laut. Zum Glück geht er ran.

»Hi Ben, hier ist das Mädels-Krisentreffen zur Rettung von Melina und Alex.«

»Häää? Bitte was? Was hast du denn genommen?«

»Hast du grad nen Moment? Ich hab dich auf laut und Dori und Melina sind dabei.«

»Ja, aber was soll das?«

»Pass auf, wir waren doch mal mit deiner einen Flamme zusammen aus, und die hatte ne Freundin dabei. Die war supernervig und wollte sich an Alex ranmachen. Weißt du noch?«

»Ja, weiß ich noch. Frag mich nicht, wie die hieß, Karo oder so? Warum? Ach, ich ahne es …!«

»Genau, meinst du, wir kriegen uns alle an einen Tisch oder Tresen, und sie nervt ihn noch mal ne Runde, und er geht dann liebend gern in die offenen Arme seiner Melina zurück?«

»Lässt sich wahrscheinlich machen. Charlotte habe ich eh lange nicht gesehen. Ich versuch das mal. Jetzt gleich am Wochenende, oder was?«

»Ja, oder dann eben nächstes. Was halt geht.«

»Meld mich. Viel Spaß noch, Mädels.« Lachend legt er auf.

Melina schaut mich entgeistert an. »Ja, waaas?«, sage ich. »Was denkst du denn, was da noch funktioniert? Du wirst ihm einfach an dem Tag, oder vorher, wie du magst, eindringlich klarmachen, dass er der Einzige ist für dich, und dass du keine Abenteuer brauchst und hattest und er sich deiner sicher sein kann. Was anderes will er grad nicht hören von dir. Und rechne damit, dass er es erst mal immer noch nicht frisst. Und dann kommt das Kontrastprogramm. Glaub mir, sie ist weder schön noch intelligent. Wenn er da nicht wieder sieht, was er an dir hat, dann weiß ich auch nicht.«

»Geschmäcker sind doch verschieden. Vielleicht mag er sie. Oder es brennt eine trotzige Sicherung durch, und er nimmt alles, nur nicht mich?«

»Darauf musst du es ankommen lassen. Schätzelein, mal ehrlich, du hast es verbockt. Du hast nichts zu verlieren. Er ist schon weg. Und nun überleg noch mal, warum ich heute Teil deiner Mädelsrunde bin.«

»Weil nur du es noch hinkriegen kannst …«

»Jepp.« Läuft. Bestimmt. Wie die Lavalampe. Plopp … plopp … Ich schiele zu Dori rüber, die irgendwie ein Schmunzeln unterdrückt.

»Dürfen wir denn auch hinkommen?«, fragt sie.

»Nee, no way! Das wird ein Männerabend. Also, ein RICHTIGER Männerabend. Äh. Na ja, jedenfalls NEIN.«

»Schon gut, schon gut. Aber du berichtest?«

»Wenn ich kann.«

Der letzte Schluck Martini geht an Melina. Scheint ihr kein bisschen zuzusagen, mein Plan. Irgendwie bin ich aber felsenfest überzeugt, das klappt. Und Alex, na ja. Er wird die Ablenkung vielleicht mögen. Aber ehrlich, keinesfalls zu sehr. Keine Sorge, Ladys …

11.

Take This Bottle
Faith No More

Bullshit! Nicht sein Ernst! Männer sind doch krank. Wie kann er ihm eine andere Tussi vorsetzen wollen? Beste Idee ever, Jerry zu fragen.

Die beiden sind vor ner halben Stunde los, konnten eh kaum noch die Finger voneinander lassen. Na dann ... Viel Spaß oder so.

Ja, ich hab's verbockt. Er hat ja recht. Aber das heißt doch noch lange nicht, dass er jetzt den Hyänen zum Fraß vorgeworfen wird. Damit er merkt, was er an mir hat. Das kann doch nur schiefgehen.

Ich hole eine Weinflasche aus der Küche. Der Martini war leer. In meinem Kopf drängen sich verschiedene Szenarien durcheinander. Wahrscheinlich schmeißt sie sich an ihn ran, und er lässt sie machen. Weil es ihm egal ist. Und dann trinken sie was, und dann lässt er sich drauf ein ... Macht mich irre zu denken, er könnte sie küssen. Sie könnte seinen Oberkörper anfassen. Geschweige denn noch mehr. Halt ich nicht aus.

Wie kann ich das verhindern? Jerry war nicht davon ab-zukriegen, dass das der einzige Weg ist, wie es geht. Ich krieg es ihm nicht ausgeredet. Vielleicht klappt es ja nicht, und Ben erreicht die beiden nicht. Oder sie will nicht, kann nicht, hat inzwischen jemand anderen.

Andererseits, warum soll er nicht sein Glück woanders suchen? Was kann ich ihm denn versprechen? Was hat er denn mit mir? Ein Chaos. Und wenn er eine haben kann, die ihn einfach nur anhimmelt und immer da ist, ohne solche Eskapaden? Wäre doch schön … für ihn. Ist ja nicht so, dass ich ihm nichts Gutes wünsche. Aber wenn sie nervig ist, und nicht mal hübsch, ist es das dann wert? Machen Männer das? Ja klar, müssen sie ja. Also, es sind ja nicht nur Menschen in Beziehungen, die mega aussehen. Oder? Also, wenn einer nen tollen Charakter hat, klappt das ja auch mal trotzdem. Und vielleicht muss er sie nur besser kennenlernen. Kann er ja, wenn sie einen Abend zusammen verbringen. Aaaaargh!!!!

Ich will das nicht!!!

Das ist MEIN Alex. Verdammt noch mal! Und ich hab ihn doch nicht mal betrogen. Ich hab ihn verletzt und was Doofes gemacht. Ja. Aber nicht DAS! Und er behandelt mich, als wären wir verheiratet. Und ich hab Ehebruch begangen. Ich kann ja nicht mal sagen »Hätt ich mal!« – Mit Tobi ist da nichts mehr zu machen bei mir. Der wäre abgeblitzt, wenn er Anstalten gemacht hätte. Das wusste er garantiert auch ganz genau. Aber wie macht man einem eifersüchti-gen Mann sowas klar?
Ihm erzählen, ich will nur ihn, für immer, und tu ihm nie wie-der weh. Sind wir bei Disney? Ich bin leider nicht perfekt. Ich

hab meine Macken. Manchmal mach ich aus Unsicherheit oder anderen komischen Gefühlen heraus so Sachen. Und wenn er damit nicht umgehen kann, dann ist er in guter Gesellschaft. Und einfach nicht der Richtige. Wahrscheinlich gibt es keinen, der das aushält. Würde ich auch nicht aushalten. Vielleicht. Ich kann ihn jedenfalls nicht anlügen, um ihn zurückzukriegen.

Wie kam ich auf die unselige Idee, Jerry könnte eine Hilfe sein? Dori schwärmt immer von seinem Einfühlungsvermögen. Wie gut sie mit ihm reden kann. Über so Gefühlskram auch. Und da kommt der mir mit sonem Scheiß.

Sollen sie doch nen tollen »Männerabend« machen. Wird bestimmt klasse. Und ich höre nie wieder was von ihm. Am besten ich schließe es einfach ab, in meinem Kopf. Nen Scheiß werd ich tun, ihm von großen Gefühlen und Versprechen zu schreiben. Er hat mich angehört. Und es hat nichts gebracht und ihn nur noch mehr sauer gemacht.

Ich schaue auf mein Handy. Keine Nachricht von ihm. Okay, das ist ja nichts Neues. Dori hat ein neues Profilbild. Mit ihr und Sören. Grrrr. Verräter. Den nehme ich nicht noch mal in den Mädelsabend auf. Schnapsidee. Apropos. Der Wein. Ich nippe. Schmeckt mir nicht. Kippe ihn weg und beschließe, schlafen zu gehen. Immerhin ist morgen ein Arbeitstag. Wenn auch mit Spätschicht. Aber nen Kater mag ich auch nicht haben. Hab ich morgen mit Dori Schicht? Glaub schon. Dann muss ich versuchen, ihr das auszureden. Aber sie ist so verstrahlt, sie wird ihm mehr glauben als mir.

Was mach ich nur?

Stellt euch vor, ich hätt das Bild geschickt, in der Funkstille, und nicht zurückgerufen. Dann wäre er ja sofort ausgetickt.

Aber was nützt es mir nun? Okay, immerhin kann ich jetzt wissen, dass er mich vermisst hat in der Zwischenzeit, mich sehen wollte.

Seufz. Ich sitze stumpf auf der Couch. Draußen beginnt es zu regnen. Regentropfen spielen mit den Lichtern der Autos, und der Straßenlampen. Verteilen sie bis oben auf das ganze Fenster. Ich denke an den Weg zum Bad, zur Zahnbürste, und wie weit er mir grad vorkommt. Und dann, wie weit weg meine Zahnbürste bei Alex grad ist. Die könnte auch auf dem Mond sein, das wäre genauso gut erreichbar. Bis zu meiner werd ich es wohl noch schaffen müssen heute.

Ach Alex. Eigentlich war es doch gut mit uns. Nur ich blöde Nuss hab's ruiniert. Mit meiner Bindungsangst. Mit meinen Zweifeln und dieser blöden Idee mit den Bildern.

Ich bin nichts für dich. Du hast was Besseres verdient. Wahrscheinlich war es das, was Jerry meinte. Dass es funktionieren wird. Dass er weiß, es gibt auch andere, nicht nur mich. Und ich merke, dass er was Besseres findet als mich.

Ich hieve mich ins Bad. Reicht für heute.

12.

The Boys of Summer
The Ataris

Wütend trete ich in die Pedalen. Zur Not fahre ich bis zur Ostsee hoch, und wieder zurück. Vielleicht hab ich mich dann abgeregt. Der letzte Abend war ein schlechter Witz. Ein richtig schlechter. Ich hätt es ahnen sollen. Wenn Ben und Jerry sich auf Anhieb einig sind, was wir wann machen, und vor allem wo! Das riecht nach Komplott. Irgendwo ins tiefste Neukölln wollten sie und haben dauernd auf die Uhr geschaut. Mal Ablenkung für mich, ja nee, is klar.

Ich hab's gefressen, in meinem trüben Kopf. Ablenkung, klar, wenn ihr meint. Ist mir doch egal. Wenn es euch das Gefühl gibt, euch zu kümmern, bitte. Ich hab mich auf die laute Musik gefreut. Vielleicht sind die Gedanken dann leiser.

Und dann kommen wir da an, trinken was, und total zufällig taucht diese Charlotte auf, mit ihrer nervigen Freundin. Ben turtelt mit Charlotte, als gäb es keine andere für ihn. Und die andere steht zwischen Jerry und mir und versucht, ein Gespräch anzufangen. Über die Musik, über meine Schuhe, über ihre Schuhe. Und kommt immer näher.

Ich schaue hilflos zu meinen Jungs. Jerry ist nett zu ihr und versucht, mit ihr zu reden. Ben ist in Charlottes Ausschnitt vertieft. Kannste abhaken. Als Jerry loszieht, um für uns drei was zu trinken zu holen, wird's mir unangenehm.

Sie erzählt mir dauernd Sachen, und weil es so laut ist, direkt ins Ohr, und nicht ohne aus Versehen zu lange und zu nah dortzubleiben. Als auch noch ihre Hand von meiner Schulter runter gleitet, und sie mir tief in die Augen schaut, ergreife ich die Flucht. Was soll das? Was will die von mir? Sie rennt mir nach. Draußen baut sie sich vor mir auf.

»Mensch, Alex«, sagt sie. »Ich kann dich echt gut leiden. Und Ben hat sowas gesagt wie, heute könnte es klappen, mit dir und mir. Ich müsst nur ein bisschen mutig sein, weil du schüchtern bist.«

»Das hat Ben zu dir gesagt? Hat er sie noch alle?«

»Das heißt, es würde nicht klappen?«

»Mädel, ich weiß nicht mal, wie du heißt. Ist mir eigentlich auch egal. Ich hab ne andere. Verstehst du? Ich weiß nicht, was die Jungs dir da erzählen wollten. Ich bin nicht zu haben. Punkt. Lasst mich einfach alle in Ruhe!«

Ich habe den Heimweg angetreten. Wenn Jerry sie so nett fand, könnt er sich ja nun ran schmeißen. Toller Männerabend. Tolle Ablenkung. Das war also euer Plan, ja? Die?? Die fand ich letztes Mal schon gelinde gesagt zum Wegrennen. Und nun setzt ihr mir die vor die Nase zur Ablenkung? Na danke!

So war das, gestern, und wenn ich dran denke, ist mir übel vor Wut. Tolle Kumpels. Die wissen doch, dass es grad erst aus ist. Und mir was bedeutet hat. Glaube ich jedenfalls. Ich denke an Melina. Sie hat, egal was da nun war oder nicht war, mehr Respekt verdient. Gleich gegen so eine ausgetauscht werden, das wäre ihrer unwürdig.

Ich habe den Liepnitzsee erreicht, und setze mich ans Wasser. Nehme ich sie wirklich gerade in Schutz? Warum habe ich gestern gesagt, ich bin vergeben? Irgendwie scheint sie und unsere Beziehung immer noch etwas Heiliges für mich zu sein. Auch jetzt noch, wo es vorbei ist. Wie gern ich mit ihr ins Bett wollte, bevor ich das Bild gesehen habe … Wie sie mir gefehlt hat! Nicht nur, dass wir miteinander schlafen. Ich vermiss es einfach, sie anzusehen. Mir von ihr die Grübelgedanken zerstreuen zu lassen. Ihre kleinen, kalten Füße auf der Couch, und dass sie immer meine Kinderriegel wegfuttert. Und wirre Nachrichten, alberne Fotos von ihr auf der Arbeit. Ich kann gar keine andere Frau an mich ranlassen.

Der Baumstamm, auf dem ich sitze, scheint sich unter meiner Last nach unten zu biegen, als mir das alles klar wird. Ich schaue auf den See. Hinten fährt ein kleines Boot. Wird die Fähre sein. Ich radel hin und lass mich auf die Insel mitnehmen. Irgendwas muss ich ja essen. Es ist noch zu früh, aber es gibt wenigstens Kaffee. Überhaupt rechnet man eher nicht mehr mit Touristen, hab ich den Eindruck.

Mit meinem Kaffeebecher überlege ich, was ich mit meiner neuen Erkenntnis jetzt anfangen soll. Also, wenn es nur sie gibt für mich, wäre es ziemlich blöd, ihr keine

Chance zu geben. Klingt so einfach wie logisch. Also, was? Sie noch mal treffen, und richtig miteinander reden. Meine Gedanken wandern zum Versöhnungssex. Na, das wäre wohl zu viel gewollt. Ich hab sie schon ziemlich abblitzen lassen. Und dann auf stur gemacht. Da brauch ich nichts erwarten.

Aber vielleicht redet sie ja noch mal mit mir. Ist jetzt vielleicht der Moment, hopp oder flop. Wenn sie es auch so sieht, dass wir eigentlich zusammen ganz gut sind, wird sie mir die Chance geben. Wenn ich ihre ganzen Zweifel jetzt bestärkt habe, ist und bleibt sie weg.

Warum ist das so kompliziert? Erst ist es kompliziert, überhaupt wen zu finden, und dann wird es immer komplizierter, wenn man sich kennenlernt und »trotzdem« zusammen bleiben will. Mona und Bernd. Wie seltsam es anfing mit uns! Und dann passte es nachher so gut.

Der Sommer war toll. Nun ist alles grau und fad. Wahrscheinlich macht das auch, dass Beziehungen auf die Probe gestellt werden. Ob man sich auch in der Depri-Zeit aushalten kann. Vielleicht kostet das einfach mehr Mühe als Sommer-Liebe. Und entweder, es ist die Mühe wert, oder eben nicht. Wir sind es wert, beschließe ich. Ich fühle mich ganz feierlich dabei. Mein Kaffee ist leer und ich nehme die Fähre zurück. Als die Sonne mal ein paar Strahlen schickt, und das Wasser in hübsches Türkis verwandelt, mach ich ein Foto und sende es ihr. »Ich denke an dich.« Schreib ich dazu.

Verdammt. Kein Netz. Na gut, irgendwann unterwegs wird es schon gesendet. Ich mache mich auf, zurück nach Bernau, um Nahrung zu suchen. Dabei denke ich an Melina, wie sie im Sommer, lächelnd, mit Sonnenbrille, mit mir an einem See sitzt.

Sommer kann ja jeder. Wir schaffen das. Und die Pedalen gehen auf einmal viel leichter.

13.

Strong Enough

Sheryl Crow

Ich bin aufgeregt. So aufgeregt, dass ich keinen Bissen essen kann, den ganzen Tag schon. Fühlt sich an, wie Abschlussprüfung, Führerschein, Gerichtsverhandlung und was es sonst noch so geben kann, alles auf einmal.

Es ist ja auch nicht banal. Es ist alles, auf einmal. Mein Alles. Vielleicht die einzige Chance, die er mir noch gibt. Ach so, für euch: Ja, wir reden noch mal, Alex und ich. Wir treffen uns zu einem Spaziergang, im Volkspark. Ganz neutral, draußen. Zum Glück regnet es nicht. Irgendwann vorgestern hat er mir ein Bild von einem See geschickt, und dass er an mich denkt. Das kam aus heiterem Himmel, nach so viel verbittertem Schweigen. Ich war ja davon überzeugt, das war es nun mit uns. Der ominöse Männerabend scheint auch nicht so viel gebracht zu haben, denn er ist ziemlich früh abgehauen. Seine potenzielle Begleitung dann wohl auch. Kann natürlich sein, dass Jerrys Plan aufging. Die Jungs wussten es nun aber nicht genau. Weil er sauer war und abgehauen ist.

Auf seine Nachricht mit dem Bild habe ich erst am Abend geantwortet. Das hat mich überfordert. Und ich wollte nichts falsch machen. Außerdem hat er mich über eine Woche angeschwiegen. Da kann es jetzt auch nicht so eilig sein.

Es war dann aber unkomplizierter als gedacht. Ich habe nur gefragt, ob er einen schönen Tag am See hatte und ob es ihm so weit gut geht. Da kam dann, er war Radfahren und ist bis zum Liepnitzsee gefahren, und irgendwann halt auch zurück. Und dass es ihm gutgetan habe, und die Augen geöffnet. Dass er uns eine Chance geben will.

Wow!! Also, da saß ich erst mal einen Moment und starrte ungläubig auf mein Handy. In meinem Bauch wachten die Schmetterlinge auf, die sich schon auf Winterschlaf eingestellt hatten. Wir machten das Treffen aus, für übermorgen, also heute. Und wünschten uns eine gute Nacht, mit süßen Smileys.

Anderthalb Tage nah am Durchdrehen, kaum geschlafen. Und nun bin ich fast dort, am Märchenbrunnen, und halte Ausschau. Der Brunnen ist schon winterfest und es sind wenig Menschen da. Ich finde ihn also relativ einfach und wir gehen aufeinander zu. Ich stehe mit gesenktem Kopf vor ihm. Er hebt mein Kinn hoch, schaut mich an, und küsst meine Stirn. »Schön, dich zu sehen«, sagt er. Die Schmetterlinge spielen verrückt.

Wir gehen Hand in Hand. Und es dauert eine Weile, bis wir beginnen zu reden.

»Ich war ein Trottel«, sagt er. »Ein eifersüchtiger Trottel halt. Ich hätte dir zuhören sollen, und ich hätte es doch gemerkt, wenn du etwas verbergen willst. Aber meine Fantasie ist mit mir durchgegangen. Es tut mir leid!«

»Du brauchst dich nicht entschuldigen. Es ist doch meine Schuld. Ich hab es vermasselt. Diese Auszeit, aus meiner Unsicherheit heraus. Die Aktion mit dem Bild, ohne mir irgendwie zu denken, dass dir das wehtun könnte. Das hast du nicht verdient!«

»Wahrscheinlich haben wir beide ein bisschen Angst, so richtig zu vertrauen und an Liebe zu glauben. Ist ja auch nicht einfach.«

»Aber ich bin, glaube ich, immer mal so ein Chaos. Ich weiß nicht, ob ich das ganz abstellen kann. Ich möchte gern an uns glauben, und mehr als alles möchte ich, dass du bei mir bleibst. Aber ich bin auch ein bisschen, wie ich bin.«

»Reicht das nicht als erste Erkenntnis, dass wir nicht ohne den anderen sein wollen? Also, mir geht das nämlich genauso. Ich kann es mir nicht vorstellen.«

Ich schaue ihn an, als wir stehen bleiben. Am liebsten hätte ich ihn nach dem Männerabend gefragt, aber es ist wohl besser, wenn er nicht weiß, dass ich das weiß. Und seine Ex erwähne ich lieber auch nicht. Obwohl es mich wirklich interessiert, was da war.

»Alex, ich kann dir nichts versprechen. Nicht, dass ich bleibe, und nicht, dass ich nie wieder dämliche Sachen mache. Es gibt Gründe, warum es niemand mit mir aushält. Und ich könnte verstehen, wenn es dir zu anstrengend ist.«

»Mona-Melona!« Er grinst. So nennt er mich nur, wenn alles gut ist und er mich necken möchte. »Ich möchte nur,

dass wir uns weiter treffen können. Ich dich besser kennenlernen kann. Und besser verstehen, wann du dich warum
zurückziehen musst. Das darfst du, aber sag mir Bescheid.
Du kannst mir sagen, es wird mir grad zu eng. Oder wir
sehen uns eher nur dreimal die Woche, statt fast jeden Tag.
Wäre das ein Anfang?«

Ich könnte ihn knutschen. Tu ich dann auch. Er sagt genau die richtigen Worte und ich bin ihm unendlich dankbar. Mir laufen Tränen die Wangen runter, ganz still und
leise, und der Kuss schmeckt salzig und süß zugleich. Als
mir die Knie weich werden, weiß ich nicht genau, ob es sein
Kuss und seine Worte sind, oder mein Hunger.

»Können wir vielleicht etwas essen gehen?«, frage ich, als
wir uns sanft voneinander lösen.

»Hast du auch solchen Hunger?«

»Ja, irgendwie habe ich fast zwei Tage nichts gegessen.«

»Ach! Kommt mir bekannt vor!«

Wir schlagen den Weg in Richtung seiner Wohnung ein,
und holen beim Inder zwei Curry-Boxen zum Mitnehmen.
Wie in alten Zeiten essen wir gemeinsam in seiner Küche,
und verschwinden dann küssend und kichernd im Schlafzimmer.

14.

Waiting to Exhale
Whitney Houston

Oh, wow! Ich darf das letzte Kapitel haben? Welch Ehre. Und welch Verantwortung. Aber auch wieder sinnvoll, weil ich als beste Freundin vielleicht einen besseren Blick auf alles habe. Und mit Sören dabei erst recht.

Also, wir haben uns in diesem Buch versammelt, um das Entstehen, beinahe Scheitern und dann doch wieder Gelingen der Beziehung zwischen Melina und Alex, auch bekannt als Mona (Lisa) und (Käptn Blau-)Bernd zu erleben. Ich kann euch sagen, dass Melina noch nie wegen eines Typen so durch den Wind war, so viel ist klar. Natürlich gab es Männer, manche blieben sogar mal ne Weile. Und dieser Typ, der sie verlassen hat wegen der anderen, das hat sie schon auch getroffen. Aber mehr ihr Ego. Mit Bernd war es anders. Der tat ihr gut, vom ersten Tag an.

Ihr müsst euch vorstellen, Mel ist eben so eine, die es selten riskiert, verletzt zu werden. Lieber wegrennt, wenn es eng wird. Aber meist wird es nicht mal eng. Und dann, aus heiterem Himmel, passiert ihr dieser Alex. Alles rosarot, dann zu eng, dann Fluchtreflex. So weit, so Mel. Und diese Tobi-Eskapade ... Ich würd jetzt gern sagen, sieht ihr überhaupt nicht ähnlich. Aber man soll ja auch nicht lügen.

Damit hat sie aber schon den Bogen überspannt. Der arme Kerl. Von Sören weiß ich, dass Alex kein Frauentyp ist. Keine Ahnung warum. Ob er zu schüchtern ist oder so. Oder zu oft auf die Nase geflogen ist. Jedenfalls selten, dass er was am Laufen hat. Obwohl er wirklich ganz passabel aussieht.

Irgendwie sollte es so sein, mit den beiden. Dass sie aneinandergeraten, und lernen, sich auf was einzulassen. Macht man ja nur, wenn man denkt, es lohnt sich. Wenn man es sich überhaupt nicht mehr anders vorstellen kann. Übereinstimmende Meinung von Sören und mir, übrigens. Wir haben die zwei vorher noch nie um jemanden kämpfen gesehen. Hey, und so'n bisschen stolz sind wir ja natürlich auch. Also vor allem Sören, dass sein Plan nachher so gut funktioniert hat. Wir werden es bei der Hochzeit verraten, falls es je so weit kommen wird, haben wir uns schon vorgenommen. Auf so eine blöde und gleichzeitig geniale Idee muss man erst mal kommen. Aber so ist Sören. Hat den Überblick, hat ungefähr eine Ahnung, wie es den Leuten geht. Und was sie akzeptieren können, und was nicht.

Ach, ich freue mich mit den beiden, ganz echt. Er braucht anscheinend wirklich jemanden zum Festhalten im Leben. Dass Mel manchmal etwas instabil sein kann, da muss er wohl durch. Aber ich glaube, je mehr sie sich auf ihn verlassen kann, desto weniger Probleme gibt's damit. Ergibt ja Sinn, oder? Dass jemand aus Unsicherheit Dinge macht, die keiner so ganz versteht, und dass sowas dann weniger wird, je mehr Sicherheit der andere einem geben kann. Also, seelische Stabilität, meine ich. Und er strahlt das aus. Ihr Felsen zu sein. Einfach nicht wegzugehen, wenn es schwierig wird.

Oder wegzugehen und auf jeden Fall wiederzukommen. Bevor ihn fremde Frauen fressen, haha. Nee, ich glaub, das hat ihm echt die Augen geöffnet. Inzwischen hat er sich mit Ben und Sören auch ausgesprochen darüber. Dass sie ihm diese Dame vorsetzen wollten. Sich auf seine Art sogar bedankt, dass es zwar anders gemeint war, mit dem Ablenken und so, aber für ihn trotzdem richtig war. Dass er da erst merken konnte, er möchte mit Mel zusammen sein. Ich kann mir kaum vorstellen, wie es den Jungs gelungen ist, da ernst zu bleiben … Aber sie haben es wohl hinbekommen.

Und wisst ihr, was mein Fazit ist? Dass es immer auf die Crew ankommt. Dass du aufgeschmissen bist, allein im Leben. Man braucht einfach jemanden, der zuhört, der mal »Bullshit« sagt, der aus Sympathie die Menschen nicht leiden kann, die dir wehgetan haben. Der mit dir was trinkt, wenn mal ein Tag nach einem Glas Wein verlangt. Mit dir tanzen geht, wenn der Kopf zu voll ist oder das Herz zu schwer.

Wahre Freundschaft macht einfach alles erträglicher.

Aber ich schweife ab und beweihräuchere mich hier selbst. Obwohl, es ist ja ein Geben und Nehmen. Sie ist ja genauso wichtig für mich. Was hat sie ertragen müssen, weil ich immer wieder denselben Typ Mann abgeschleppt habe, mit immer demselben Ergebnis. Und sie hat es fast jedes

Mal behandelt, als wäre es ein neuer und einzigartiger Fall. Dabei war es ein Muster, und wirklich immer gleich. Sören passt da so gar nicht rein, aber genau deswegen sehen wir uns immer noch. Und ohne Mel und Alex hätten wir uns wohl nie getroffen. Zumindest nicht wiedergesehen.

Also, ihr Lieben, was lernen wir alle aus dieser Geschichte? Darüber dürft ihr im Stillen nachdenken. Sören und ich tun das jetzt auch. Ich für meinen Teil kann sagen, ich habe viel über Vertrauen, Geduld, Ehrlichkeit und Fehler nachgedacht in der Zeit. Und, wie schon gesagt, beste Erkenntnis ist: Freundschaft hilft dir über den Berg und durchs Tal. Eine Allzweckmedizin.

Bonustrack/Epilog

Danach

Nobody Knows

Jenny nimmt die Kopfhörer ab und lächelt. »Das war guuuut. Das war richtig gut!! Endlich hat er kapiert, wie ich es meine«, dachte sie.

Ihr Pfleger, Marc, hat sich drauf eingelassen, ihr alle zwei Wochen eine Playlist zusammenzustellen. Mit der Anforderung, im Kopf müssen die Songs eine Geschichte ergeben. Eine Liebesgeschichte natürlich. Die ersten zwei Versuche gingen so, da waren noch richtig heftige Songs, Wutausbrüche, Lärm, dabei. So ein bisschen geht das ja, aber zu doll bitte nicht. Diesmal war es perfekt. Zu jedem Song fiel ihr etwas ein, wie die Story weitergehen würde. So genau weiß er das ja nicht, was in ihrem Kopfkino dann abgeht. Weiß sie ja selber vorher nicht. Aber es ist besser als Fernsehen. Da denkt jemand anders die Geschichte aus.

Als Marc nach ihr sehen kommt, ist er natürlich gespannt, ob sie die Playlist nun mochte. »Mensch, Marc! Die war richtig gut! Ich freu mich richtig drauf, die Geschichte morgen noch mal zu hören. Und weißt du, beim letzten

Lied habe ich an dich gedacht. Du bist ein Freund. Du musst einer sein, wenn du sowas für mich machst. Danke!«

Marc wird rot und streichelt ihre Hand, in der noch der MP3-Player liegt. »Süße, natürlich bin ich dein Freund. Du bist doch mein Sonnenschein!«

»Auch wenn ich nur hier liegen kann, und du fast alles für mich machen musst?«

»Jennymaus, das ist unter anderem mein Job. Aber ganz ehrlich, ich hab ihn noch nie so gern gemacht wie die sechs Monate jetzt mit dir.«

Braune Kulleraugen schauen sie lieb an, und sie fragt sich, ob er eine Freundin hat. Aber eigentlich will und braucht sie das nicht wissen. In ihrem Leben ist Marc nur für sie da, und gibt ihr Lovestorys, und hält ihre Hand. Alles andere gibt es eben nur noch im Kopfkino, seit dem Unfall. Aber sie erinnert sich. An Küsse und an wilde Nächte. Und diese Playlist hier, die hat das Zeug zum Blockbuster.

Marc steht auf, denn es ist langsam Zeit fürs Essen.

»Erzählst du mir morgen die Lovestory?«, fragt er.

»Ja, mach ich. Bis dahin muss ich es aber noch mal hören. Es ist richtig spannend, ich liebe es jetzt schon!«

»Ich hol dir mal was zum Abendessen. Lauf nicht weg«, sagt er zwinkernd. Er darf das, und auch nur er.

Mit geschlossenen Augen denkt Jenny noch einmal zurück an Mona und Bernd. Und singt leise Whitney Houstons Song, der ihr noch im Ohr liegt.

Bonustrack 2

Acker

Die Geschichte, die den Contest gewann

Raus aufs Feld.

Ich gehe immer aufs Feld raus, wenn meine Gedanken so kompliziert werden. Am besten, ein karger, trockener Acker. Nichts lenkt ab. Nichts ist laut. Nichts ist hübsch oder in Bewegung. Die Luft ist kalt heute.

Ich spüre meine Füße. In den Schuhen. Den Schuhen, die eben noch neben deinen standen. Und dann denke ich daran, wie deine Schuhe gestern an dir aussahen, passend zu deinem roten, etwas zu sommerlichen Kleid. Unbedingt wolltest du, dass schon Frühling ist.

Ich muss laufen. Verdrängen. Im Verdrängen bin ich der Meister. Was nützt es denn, den Frühling zu zwingen? Wenn am nächsten Morgen kalte Luft die Hände in die Taschen scheucht. Wenn der Nebel die erste Wärme geschickt verdeckt und mieses Grau den Morgen überzieht.

Wortlos gegangen bist du. Fast dramatisch. Eine Filmszene beinahe, in Slow Motion, immer wieder vor meinen Augen. Ins Bad, die Haare irgendwie zusammengewurschtelt. Den Mantel geschnappt, in die besagten Schuhe geschlüpft, die noch neben diesen meinen Schuhen standen. Deine Hand an meine Wange gelegt, und, man wusste jetzt nicht, küssen, nicht küssen? Hätte die Filmszene einen Soundtrack gehabt, er hätte da mit Sicherheit kurz pausiert. Mein Herz auch. Kein Kuss. Weg warst du.

Jetzt, hier auf dem Acker, brennt mein Herz immer noch. Was nun? Was schreibt man? Schreibt man was? Wartet man lieber? »War schön mit dir« – zu platt für diese Szene. Eine wie du, da braucht es mehr. Deine Augen waren auf der Flucht. Nur keine Nähe riskieren. Warum? Ablehnung? Unsicherheit? Aber deine Hand … Das war doch eine zärtliche Geste. Für zwei Sekunden. Never-ending, aber viel zu kurz.

Der Acker. Nun inspiriert mich noch dieser Acker hier. Karg und rau, zu warten, ob die Sonne irgendwann wiederkommt. Und zu hoffen, deine warmen Sonnenstrahlen legen sich ein weiteres Mal auf mich.

Danke!

Ein Buch zu schreiben, stand nie auf meiner Bucket List, ehrlich gesagt, und ich bin rückblickend froh, dass es sich so ergeben hat. Das hab ich nur euch zu verdanken, die ihr meinen Text im Contest am besten fandet, sodass ich motiviert wurde, mehr zu schreiben. Danke, liebe Familie, liebe Freundinnen und Freunde, für eure immer aufmunternden Worte und fürs Nachfragen, wo denn das Buch bleibt.

Ein Klischeesatz, und ich muss ihn einfach bringen: Besonders danke ich meiner Familie zu Hause, ohne die das Buch viel eher fertig geworden wäre. Das ist natürlich so, aber ich genieße auch das Privileg, nur dann zu schreiben, wenn mir etwas einfällt und wenn ich Zeit und Muße habe. Ich muss ja nicht davon leben. Eine Familie zu haben, die Anteil nimmt, die Ideen mit spinnt, mal etwas gegenliest, ist ein wunderbarer Rückhalt.

Unterstützung habe ich auch von anderen Seiten erfahren, von Angelika, die als Erste das ganze Buch Probe gelesen hat und wertvolles Feedback gegeben hat. Von Max, der mich beraten hat und mir die Referenzliste gebastelt hat. Nicht zuletzt Books On Demand, für das Rundum-Sorglos-Paket mit Lektorat (ich kann es jeder/jedem empfehlen, das zu machen! Sehr gute Sache!) und dem Coverdesign.

Letztendlich bin ich jeden Tag unendlich dankbar für die wundervollen Menschen in meinem Leben, die mir sagen, ich bin ok so, wie ich bin, und möge mehr aus meiner Begabung machen. Ihr wisst gar nicht, wie gut das tut, und dass es das Einzige ist, was mich antreibt.

Die Autorin

Ina Brandt ist im echten Leben Beamtin in einem Ministerium. Den Luxus, nur aus Spaß zu schreiben, hat sie bewusst so gewählt und genießt es sehr, sich nicht unter Druck zu setzen. Mit Gedichten und Zeichnungen bringt Ina Brandt ihren Lieben schon lange immer wieder mal ein Lächeln in graue Tage. Bis sie einen Schreibwettbewerb bei ihrem Verlag Books on Demand gewann, und als Hauptpreis einen Roman veröffentlichen sollte. »Album« ist nach drei Gedichtbüchern das erste Prosa-Werk der Autorin. Sie lebt mit Mann und Kind im Speckgürtel von Berlin.

Inspirationsliste

CD 1

Interpret	Titel-name	Text-dichter	Komponist	Werk-nummer
Max Giesinger	Irgendwas mit L			
James Arthur	Say You Won't Let Go	J. A. Arthur, N. R. Ormandy, S. Solomon, D. J. O'Donoghue, S. A. Kipner, M. A. Sheehan	J. A. Arthur, N. R. Ormandy, S. Solomon, D. J. O'Donoghue, S. A. Kipner, M. A. Sheehan	17597521-001
Roxette	Queen of Rain	P. H. Gessle, M. H. Persson	P. H. Gessle, M. H. Persson	3010346-001
Beatles	I Want to Hold Your Hand	J. W. Lennon, P. J. McCartney	J. W. Lennon, P. J. McCartney	634706-001
Alanis Morissette	Head over Feet	G. Ballard, A. N. Morissette	G. Ballard, A. N. Morissette	3379048-001

Interpret	Titel-name	Text-dichter	Komponist	Werk-nummer
Jack Savoretti	Candle-light	J. Savoretti, J. L. Pott	J. Savoretti, J. L. Pott	20526777-001
Janet Jackson	That's the Way Love Goes	C. F. Bobbitt, J. Brown, J. Starks, F. Wesley, J. S. Harris III, J. D. J. Jackson, T. S. Lewis	C. F. Bobbitt, J. Brown, J. Starks, F. Wesley, J. S. Harris III, J. D. J. Jackson, T. S. Lewis	25208541-001
Me first and the Gimme Gimmes	Straight Up	E. M. Wolff	E. M. Wolff	2248412-001
Ward Thomas	Carry You Home	J. J. R. Sharman, E. M. Ward Thomas, C. E. Ward-Thomas, R. C. Powell	J. J. R. Sharman, E. M. Ward Thomas, C. E. Ward-Thomas, R. C. Powell	18814015-001
Bosse	Dein Hurra	J. Holo-fernes, A. Bosse	A. Bosse, P. Steinke	16315512-001
Natalie Imbruglia	Torn	A. Preven, S. M. Cutler, P. Thornalley	A. Preven, S. M. Cutler, P. Thornalley	3139029-001
Thin Lizzy	Whisky in the Jar	DP	DP	355706-002

Interpret	Titel-name	Text-dichter	Komponist	Werk-nummer
Spice Girls	Wannabe	M. P. Rowbot-tom, R. F. Stannard, G. Halli-well, M. J. Chisholm, V. C. Beck-ham, E. Bunton, M. J. Brown	M. P. Rowbot-tom, R. F. Stannard, G. Halli-well, M. J. Chisholm, V. C. Beck-ham, E. Bunton, M. J. Brown	3960930-001
Pulp	Like a Friend	P. Doyle, S. P. Mackey, C. M. Doyle, M. A. Webber, N. Banks, J. B. Cocker	P. Doyle, S. P. Mackey, C. M. Doyle, M. A. Webber, N. Banks, J. B. Cocker	4300930-004

CD 2

Interpret	Titelname	Textdichter	Komponist	Werknummer
Phil Collins	Against all Odds	P. Collins	P. Collins	1661186-001
The Cardigans	Erase/Rewind	N. E. Persson	P. A. Svensson	4567025-001
Jason Derulo	Take You Dancing	E. S. Kiriakou, T. W. Brunila, S. Charles, J. J. Desrouleaux, S. A. Solovay	E. S. Kiriakou, T. W. Brunila, S. Charles, J. J. Desrouleaux, S. A. Solovay	25695674-001
Tyler Hilton	Missing You	Unbekannt	J. Apostolico, unbekannt	26570275-001
Lady Antebellum	Need You Now	H. D. Scott, J. Flowers, C. Kelley, D. Haywood	H. D. Scott, J. Flowers, C. Kelley, D. Haywood	10921717-001
The Verve	Bitter Sweet Symphony	R. P. Ashcroft	M. Jagger, K. Richards	4215599-001
David Guetta	Titanium	S. K. I. Furler	D. Guetta, G. H. Tuinfort, N. L. van de Wall	12151373-001
Justin Timberlake	Cry Me a River	J. R. Timberlake, T. Z. Mosley, S. S. Storch	J. R. Timberlake, T. Z. Mosley, S. S. Storch	7709817-001

Interpret	Titel-name	Text-dichter	Komponist	Werk-nummer
The Fray	How to Save a Life	J. A. King, I. E. Slade, M. J. Flynn	J. A. King, I. E. Slade, M. J. Flynn	9080143-001
Vonda Shepard	Tell Him	B. Russell	B. Russell	767252-001
Faith no More	Take this Bottle	M. A. Bordin, B. D. Gould, M. A. Patton, R. C. Bottum	M. A. Bordin, B. D. Gould, M. A. Patton, R. C. Bottum	3379755-001
The Ataris	The Boys of Summer	M. E. Campbell, D. Henley	M. E. Campbell, D. Henley	1763139-001
Sheryl Crow	Strong Enough	D. F. Baerwald, D. J. Ricketts, B. Bottrell, S. Z. Crow, B. S. MacLeod, K. M. Gilbert	D. F. Baerwald, D. J. Ricketts, B. Bottrell, S. Z. Crow, B. S. MacLeod, K. M. Gilbert	3259024-001
Whitney Houston	Waiting to Exhale	K. B. Edmonds, W. E. Houston, M. Houston	K. B. Edmonds, W. E. Houston, M. Houston	3846077-001
Nobody Knows	Danach	K. Tucholsky	M. Heckel	16141683-001